I0553677

Cours de littérature

Murielle Lucie Clément

Cours de littérature

Crime à l'université
Version light 2

MLC

Du même auteur :

Cours de chant (extraits)
Crime à Paris (roman)
Crime à Amsterdam (roman)
La Clarté des ténèbres (nouvelles)
Crime à l'université (roman)
Le Mythe de Noël (récits)
Le Pyrophone (poésie)
Sur un rayon d'amour (poésie)
Les Nuits sibériennes (poésie)
L'Arc-en-ciel (poésie)
Le Nagal (poésie)
Cantilène (poésie)
Spleen d'Amsterdam (poésie)

Éditions MLC
Le Montet – 36340 Cluis
www.emelci.com

ISBN : 978-2-37432-038-0
Dépôt légal : novembre 2016

À mes amis

Avant-propos

Cours de littérature est une version light de *Crime à l'université*, des extraits du livre et comprend simplement les cours de littérature suivis à l'université et présentés par différents étudiants. Pour qui une version light ? Pour les lecteurs exclusivement intéressés en cette partie du livre, pour les aficionados de la littérature, des auteurs et des livres.

La version light 2

L'ingénu de Voltaire

Assis à la table de la cuisine, Bart Verweijden surveillait du coin de l'œil le petit déjeuner de ses deux filles, Nina et Joy. C'était sa semaine de les lever, les habiller, les nourrir et les conduire à l'école. Il avait versé les céréales et le lait dans leur bol et mangeait distraitement une tartine. Il relisait son cours sur Voltaire qu'il allait présenter aux étudiants de seconde année. Il l'avait écrit à la hâte, mais il en était satisfait.

« L'Ingénu *de Voltaire - 1767*
Cette œuvre de Voltaire évoque, outre la répression contre les Huguenots qui suivit la révocation (1685) de l'Édit de Nantes (1598), la lutte entre les jésuites et les jansénistes qui faisait fureur à l'époque et se répercutera tout au long du siècle. Un point typique, et sans doute l'un des passages clés de ce récit, est la conversion de Gordon à la philosophie par l'ingénu "... un Huron convertissait un janséniste" Chapitre 14. Le deuxième point névralgique se trouve certainement dans les conseils d'un jésuite. Ici le père Tout-à-tous gratifie la belle Saint-Yves de son expérience, passage dans lequel Voltaire dépeint l'hypocrisie de l'ordre jésuite et sa sympathie pour les jansé-

nistes (chapitre 16). Dans son ensemble, L'Ingénu *est représentatif du siècle des Lumières pour plusieurs raisons. »*

Nina et Joy, huit et six ans, regardaient leur père plongé dans sa paperasse. C'était le moment opportun de rajouter du sucre dans leurs céréales sans se faire réprimander. Elles savaient d'expérience que plus rien ne comptait pour lui que sa lecture. Pas question de se disputer et d'attirer son attention. Elles formaient, au contraire, une équipe solide et puisaient l'une après l'autre, cuillérée après cuillérée dans le sucrier. Joy par maladresse, excusable vu son jeune âge, renversa une fournée sur la table ; Nina l'aida tout naturellement à réparer les dégâts et de concert, elles décidèrent que leur bol contenait assez de sucre. Un coup d'œil à leur père les rassura. L'incident lui avait échappé.

« En situant l'action explicitement en l'année 1689 sous le règne de Louis XIV, Voltaire fait comprendre au lecteur de 1767, qui ne peut "ignorer que les jésuites sont expulsés de plusieurs pays d'Europe et aussi de France depuis 1764, alors que les jansénistes occupent des positions influentes dans les parlements et dans l'administration", que les proscrits d'aujourd'hui peuvent avoir été les persécuteurs d'hier et réciproquement, donc que l'ordre et l'agencement des structures est moins immuable qu'il ne le paraît, que l'homme peut y exercer une influence certaine.

L'Ingénu, la représentation de l'homme sauvage que s'est forgée Voltaire, a, par là même, une fonction didactique, ce qui illustre l'esprit des philosophes qui se voulaient être des enseignants répandant la connaissance. Par les réflexions du héros, les mœurs de Basse-Bretagne d'abord, puis celle de la société ensuite, sont sans cesse comparées à celles de son pays d'origine, le pays des Hurons, le Canada qui serait de loin préférable dans son agencement au pays où il vient de mettre pied, la France. Un trait tout de même intéressant à ce sujet, mais dépassant le propos de notre cours et sur lequel je ne m'étendrai pas outre mesure, consiste en ce que le Huron se révèle être après quelques péripéties oratoires, non pas un sauvage, mais un Breton.

L'Ingénu, *le symbole de l'innocence persécutée, représente aussi en essence les campagnes de Voltaire contre les erreurs judiciaires dont* Le Traité sur la Tolérance *à l'occasion de la mort de Jean Calas (1762) et contient les germes de toutes ses œuvres, autant passées que futures. Toutefois, nous pouvons nous demander ce que Voltaire aurait écrit de notre époque de progrès, sur la télévision qui nous abreuve sans discontinuer d'images de guerres, de foyers incendiaires de répression des minorités qui sont malheureusement la réflexion véritable de la situation de beaucoup de pays très près de nous. Là, devant nous, les Ingénus contemporains nous éclairent l'obscurité des charniers, l'horreur des camps concentrationnaires, dont nous étions à même de croire qu'ils avaient disparus à jamais. Et qui prétendra que les livres ne sont plus interdits, que la presse est libre ? Ce ne serait pas monsieur François-Marie Arouet qui lui s'est rendu plusieurs fois indésirable, mais qui jamais n'a pu être accusé de démagogie. »*

Nina et Joy s'étaient levées de table et attendaient Bart tout équipées, chaussures lacées et parkas enfilées. Il les félicita et les aida à passer les bretelles de leur sac à dos. Le trio fin prêt, enfourcha chacun sa bicyclette et s'élança sur le chemin de l'école.

Proust

Marijke Nieuwkerk avait obtenu son doctorat avec une thèse sur la réception de Proust aux Pays-Bas. Bien qu'elle n'ait développé aucune théorie – son travail avait consisté en une interminable énumération, sans commentaires, des articles de journaux parus depuis la parution de *La Recherche* –, elle était considérée comme une proustienne car elle avait collaboré à la fondation d'une association, « Les Amis de Marcel Proust », dont elle se chargeait des travaux de secrétariat. De plus, utilisant une ancienne traduction, elle en avait entrepris une nouvelle changeant ici un mot, inversant là une préposition et rafraîchissant un tant soit peu l'écriture qui datait. Bref, le traducteur étant décédé depuis belle lurette, elle s'était approprié sans vergogne son travail dont personne ne se souciait vraiment, le plagiat étant, par ailleurs, monnaie courante au sein de l'université néerlandaise. N'était-il pas d'usage de publier des *Histoire de la littérature* en traduisant franchement et sans façon des ouvrages de l'anglais, du français ou de l'allemand ? Le risque d'être confondu était minime car rares étaient ceux qui feraient la comparaison entre la version néerlandaise et l'originale. En cela, Marijke Nieuwkerk s'inscrivait dans une tradition bien établie à l'université batave.

Cela ne l'empêchait, par ailleurs, nullement,

d'être un professeur enthousiaste qui motivait les étudiants. Seul problème, il lui était difficile de leur inculquer les premières notions de l'éthique scientifique. Son cours sur Proust était peu suivi, l'auteur ayant la réputation d'être ardu et impénétrable. Il est vrai que même Marijke Nieuwkerk était incapable de lire *La Recherche* en français et d'en comprendre les finesses. Comme tout un chacun, elle se perdait dans les phrases, les coordonnées, ignorait la signification d'un grand nombre de mots, mais cela n'était-il pas le lot commun à la plupart des lecteurs de Proust ? Ne pas tout comprendre ne faisait-il pas partie d'un des charmes de cet auteur et non le moindre ?

Dans la classe, il y avait les jumelles, Sarah et Esther van Thijn, Otto van Bast et Stéphane Linden, un garçon à qui ses gros verres de myope donnaient l'apparence d'un têtard globuleux. Toujours vêtu d'un jean et d'un blouson en velours côtelé beige, il avait l'air de l'étudiant lambda. C'était son tour de faire un exposé. Il avait choisi la mémoire involontaire. Exception faite de quelques erreurs de langage plutôt minimes, il s'en sortait bien et lisait d'une voix agréable.

« Dès les premières ébauches du *Contre Sainte-Beuve*, en 1909, le thème de la mémoire involontaire fait son apparition dans le cadre du réveil du narrateur. Au sortir du sommeil profond de la nuit, les sensations physiques qu'il éprouve le font se remémorer les lieux où il a dormi autrefois. A partir de ce moment, le récit se développe et va donner naissance au roman d'où sortira la future *Recherche*. Proust continuera en effet d'exploiter ce thème et, dès le début de *Du côté de chez Swann*, le fameux épisode de la "madeleine trempée dans du thé" par le narrateur ressuscite aussitôt "Combray et ses environs" et par là même, toute son enfance. J'espère que vous suivez, commenta Stéphane, parce que moi au début, j'ai eu du mal à imaginer que cela était possible.

– Pourquoi donc, interrogea Sarah. Pourquoi cela serait-il impossible ?

– Eh bien… qu'une simple madeleine, qui est un gâteau sans goût formidable, fasse ressurgir toute une vie…

– Mais non, pas toute une vie, mais son village natal…

– Pas natal ! » s'exclama Esther lui coupant la parole, « c'est où il allait en vacances et le goût lui rappelle un souvenir, et de là… eh bien, tout s'enchaîne.

– Bon, je continue. Les questions et les commentaires se feront à la fin. Oui, je sais… et je m'excuse. C'est moi qui ai commencé l'interruption.

– Ne t'excuse pas, nous t'écoutons.

– Donc, je continue. Dans *Le Temps retrouvé*, les souvenirs liés à la mémoire involontaire jouent un rôle déterminant dans la vocation du narrateur. Revenu à Paris, après la guerre, il va revivre son passé, grâce à une série de réminiscences de ce type, lors de la matinée chez la Princesse de Guermantes. Lorsqu'il bute dans la cour de son hôtel sur des pavés "mal équarris", il éprouve une félicité comparable à celle ressentie par l'intermédiaire de la madeleine. Cette fois, c'est Venise, où il avait trébuché sur deux dalles inégales du baptistère de Saint-Marc, qui lui est restituée dans sa totalité.

Ensuite, dans la bibliothèque de la Princesse de Guermantes, il entend le bruit fait par un maître d'hôtel heurtant une cuillère contre une soucoupe. Aussitôt, la sensation de félicité revient, liée à une rangée d'arbres entrevus au moment d'une panne du train dans lequel il se trouvait, en rase campagne, et qu'un employé avait réparée en frappant sur les rails ; des coups de marteau dont le bruit était proche de celui de la cuillère tintant contre la coupelle.

Enfin, une réminiscence tactile provoquée par le contact d'une serviette de table ayant le même "genre de raideur et d'empesé" que celle de la serviette de toilette donnée par un maître d'hôtel de Balbec, fait revivre pour un instant le premier séjour au bord de la mer.

Après ces résurrections de Venise, de la campagne et de Balbec, le narrateur, constate que l'œuvre d'art est le seul moyen d'analyser les sensations. Cette interprétation est d'ailleurs confirmée par la lecture, dans la bibliothèque, d'un passage de *François le Champi* de George Sand qui le replonge dans son enfance où il revit la scène vespérale du baiser maternel, contrariée par la présence de Swann, relatée dans *Combray*. Or, *Le Temps retrouvé* s'achève sur le départ des invités de la matinée de la Princesse de Guermantes qui évoque aussitôt le tintement de la clochette annonçant le départ de Swann qui permettait enfin à la mère du narrateur de venir l'embrasser. La boucle est donc bouclée. Le narrateur se rend compte qu'il doit remonter le Temps pour réaliser enfin sa vocation d'écrivain. »

Stéphane termina son exposé sous les applaudissements de ses camarades. Les questions et les rires fusaient.

« Moi, j'ai suivi un cours à l'Institut des Études slaves sur la littérature du XXe siècle et un auteur russe, Ivan Bounine, avait déjà écrit sur ce phénomène de la mémoire involontaire dans une nouvelle, *Les Pommes d'Ivanov*, je crois, dix ans avant Proust. Je me demande si les spécialistes le savent, déclara Otto van Bast qui se targuait d'être un dénicheur d'informations passées inaperçues des professeurs. »

Marijke Nieuwkerk ignorant jusqu'au nom de l'auteur auquel il faisait allusion ne sut que répondre et promis de faire des recherches. Le moment n'était pas aux allégations trop sérieuses. Et puis, un auteur russe…

– Oui, mais il a eu le prix Nobel de littérature avant la guerre, insista malicieusement Otto van Bast.

– Mais, utilise-t-il le terme de mémoire involontaire ? », commença à s'intéresser Marijke.
– Il décrit le phénomène. Et, d'ailleurs, la mémoire involontaire est un terme imprécis employé par Proust, mais qui correspond en fait à la mémoire sensitive des scientifiques.
– Tu as bien creusé le sujet. C'est méritoire, lança Esther.
– Oui, je trouve aussi, renchérit Sarah, tu devrais faire un papier là-dessus.
– J'y ai pensé », répondit Otto, heureux d'avoir accaparé l'attention de ses camarades qui éclatèrent de rire.

Tous, y compris Marijke, se sentaient euphoriques à la perspective qui les attendait en fin d'après-midi à l'occasion de l'installation du nouveau professeur, directeur de l'Institut des Études slaves. Avant de se lancer dans les réjouissances, ils devraient encore suivre deux cours sur la littérature contemporaine. Heureusement, les exposés continuaient, ce qu'ils aimaient particulièrement, pouvant se contenter d'écouter plus ou moins sans avoir à prendre de notes, le travail ayant été accompli en amont par un autre.

La représentation du Mal

Lana Adrianampoimerima avait décidé de poursuivre sa recherche sur le Mal dans la littérature et avait choisi de parler d'un livre paru à la rentrée. Elle s'installa sans hâte au pupitre, ajusta ses lunettes et commença posément, d'une voix claire, la lecture du résumé qu'elle avait écrit.

« Depuis le succès planétaire de Jonathan Littell et *Les Bienveillantes*, plusieurs auteurs se sont lancés dans la représentation du Mal dans leurs romans ces dernières années. Ainsi avons-nous lu *L'Origine de la violence* de Fabrice Humbert, *HHhH* de Laurent Binet et *Jan Karski* de Yannick Haenel pour ne nommer que ceux-là parmi tant d'autres. La rentrée littéraire 2010 semble être l'opportunité pour continuer ce qui pourrait devenir une tendance.

Dans *Le Wagon* d'Arnaud Rykner, loin d'être un pavé, à peine 140 pages, un narrateur prend la place d'un déporté pendant les trois jours d'un voyage interminable vers une destination inconnue, mais dont il y a tout lieu de croire qu'elle est celle d'un camp de la mort, commencée dès l'embarquement inhumain d'hommes, femmes et enfants : “Lequel aurait pensé pourtant qu’on entasserait cent corps dans ce wagon prévu pour ‘quarante hommes ou huit chevaux en large’ ? Et cent corps dans le wagon devant. Et cent corps dans le wagon derrière. Et vingt wagons, ou plus, pour aller où ? Vingt wagons à la queue leu leu, comme des enfants punis, des enfants honteux, morveux, battus, sales, retenant leur culotte, se retenant pour ne pas souiller leur culotte”.

Avec pudeur et compassion, Rykner reproduit un train de pensée qui, s’il étonne parfois, fait montre de cohérence et de réflexion, pensée de celui au bord du gouffre, qui résiste pour éviter d’y sombrer.

Le héros, mais peut-on encore parler de héros dans le cas d’un corps pressé jusqu’à l’étouffement, sans le vouloir, comme envahi par une mémoire involontaire, bénéficie du voyage forcé pour réfléchir sur des questions existentielles auxquelles il n’aurait peut-être, sans cela, jamais été confronté. Horreur de l’acheminement accentuée par la chaleur, le manque criant de provisions de bouche et la totale absence d’eau. Impossible de rester raisonnable dans ces conditions et chaque tentative de relativiser ou d’analyser à voix haute la situation devient un sujet d’hystérie collective. Il en est ainsi lorsque l’un d’entre eux essaie d’expliquer le processus chimique à l’œuvre dans le pourrissement de la paille étalée en litière dont s’échappent des vapeurs nocives.

Le narrateur reporte avec minutie l’enfer du

voyage. Le tas de cadavres empilés, des morts succombés dès le premier jour de douleur où il essaie d'échapper à leur vue impressionnante et annonciatrice d'une fin éventuelle prochaine. La libération ne viendra pas ; le lecteur le sait dès la première page, la première ligne où il a encore le choix. Continuer la lecture ou poser le livre. Que peut-il apprendre de cette introspection, descente dans les tréfonds de l'horreur ? Peut-être justement est-ce de sentir ce que la déportation a pu être pour la part de l'humanité qui l'a subie sans jamais se départir de son savoir, de la connaissance de son bourreau : l'homme embrigadé dans une spirale de haine où même les enfants avaient leur place dans le processus de destruction. Savaient-ils donc la destination finale des Juifs transportés dans les trains sur les rails si près d'eux ? Comment des enfants pouvaient-ils souhaiter la mort de leurs semblables ? Il est probable que ce soit cela le véritable Mal, lorsque les enfants reprennent à leur compte les plus vils concepts des adultes et ne reconnaissent plus des membres de l'humanité comme les leurs. Une situation encore douloureusement présente dans nos médias à l'heure actuelle. Pour ce qu'il offre de réflexion dans les questions qu'il pose, le roman d'Arnaud Rykner n'aura pas été vain. »

Un silence pesant accompagna ses dernières paroles. Personne n'osait proférer un mot. Ils étaient sous le coup des extraits entendus qui exprimaient

une souffrance intolérable. Après s'être raclé la gorge plusieurs fois, Stéphane van Linden prononça incertain :
« En fait, d'après les fragments que tu as relevés, il s'agit d'une écriture simple, mais très dense.
– Dans ce début de siècle, justifia Lana, il y a peu de témoins directs encore en vie. Quelqu'un doit bien faire ce travail de mémoire en écrivant des livres sur le sujet.
– Il rappelle un peu *Le Grand voyage* ou un titre approchant de Jorge Semprun. Grande différence, ce voyage-ci n'est pas autobiographique.
– C'est impossible de dire que l'on aime ce texte, c'est trop horrible. Cependant, je le trouve beau. Le rythme est haché comme si l'écriture avait été douloureuse.
– Un de ses proches a fait ce voyage infernal.
– De cette façon, il est impossible d'oublier ce que les humains sont capables d'infliger aux autres.
– Alors tout serait reparti des *Bienveillantes* de Littell ? » Esther attaquait visiblement et suivie par Sarah. Les jumelles étaient touchées, cela s'entendait à leur voix.
« Vous avez noté que depuis cet immense succès, le lecteur est abreuvé de récits fictionnalisés sur la Seconde Guerre mondiale, comme le fait remarquer Lana. J'ajouterais : avec une nette prédilection pour ce qui touche à la Shoah. Je ne suis pas d'accord avec ce qui se passe. La littérature a bon dos. Sous prétexte de littérature, tous les ouvrages, selon moi, ne peuvent prétendre à ce titre, on nous

ressert ce que l'homme a de plus monstrueux en lui. Le pire est que nombre de lecteurs se repaissent de cette fange, à voir les ventes pharaoniques de certains ouvrages. »

De toute évidence, les jumelles étaient d'accord et avaient débattu la question entre elles. Elles se relayaient pour faire valoir leur point de vue commun.

– Pourquoi cet exercice de style, se glisser dans la peau d'une victime, rabâcher toute la panoplie des actes déments dont elle fut le témoin, dont elle souffrit, en proie aux immondices dans lesquels elle dut vivre et subir les actes discriminatoires mortifères des barbares pour qui le meurtre était pitance quotidienne, pourquoi cet exercice de style, disais-je, aurait-il une valeur pédagogique ? Je ne crois pas. Il n'y a qu'à voir ce qui se passe dans le monde actuel pour comprendre que cette répétition du même ne profite qu'aux éditeurs devenus marchands, mais pas marchands de rêve, dont le seul but est le bénéfice.

– Tu oublies, répondit Lana, qu'Arnaud Rykner a ressenti le besoin impérieux d'écrire ce livre à cause d'un membre de sa famille.

– Qu'il l'écrive, soit ! rétorqua Sarah du tac au tac, mais devait-on le publier pour cela ?

– Mais… avança Otto, il y a tout de même eu ce train avec ce voyage de Compiègne à Dachau en 1944. Deux mille hommes entassés dans les wagons dont cinq cents ne survécurent pas.

– Oui, et alors ? » Sarah était remontée. « Ne

voyez-vous pas que c'est pitoyable de le décrire ainsi ? On n'est plus dans l'Histoire avec un grand H, mais dans l'anecdote, dans la fiction, dans le ridicule. Pensez-vous sincèrement qu'un de ces hommes aurait pu écrire ce livre ? Bien sûr que non. Aucune des questions existentielles abordées ne lui serait venue à l'esprit, allons. Il devait survivre, survivre et pour quoi ? Pour mourir. L'absurde dans toute sa complexité que l'auteur veut présenter en, combien… cent quarante pages ! FOUTAISES !

– Tu ne peux nier qu'il y ait une nouvelle voie dans la littérature qui traite le sujet.

– Et alors ? Je le déplore profondément. As-tu pensé aux victimes ? A leur famille ? Cette vampirisation de leur souffrance est abjecte. » Sarah, hors d'elle, martelait les mots.

« La Shoah n'est pas de la littérature et elle ne le sera jamais », asséna-t-elle avec force.

– C'est devenu une industrie littéraire, » renchérit Esther.

Les autres comprenaient que l'on avait ébranlé une corde sensible et qu'arguer que Semprun avait accueilli avec maintes louanges ce genre de littérature était vain. Voyant que la conversation s'enlisait dans l'impasse, ou pire, dans le pugilat, Chloé risqua une alternative :

« Je voudrais vous proposer de lire, si ce n'est encore fait, *Eichmann à Jérusalem* de Hannah Arendt et nous pourrons parler de la banalisation du mal avant de reprendre cette discussion. Il y a plusieurs visions possibles sur ces travaux. Lana, nous te remercions pour cette très belle présentation sur un sujet aussi sensible. Faisons une pause de quinze minutes avant d'entendre les prochains exposés. »

Andreï Makine

Discerner les jumelles l'une de l'autre aurait été impossible si elles n'avaient revêtu des tenues dissemblables dans leurs coloris et leur allure. Sarah affectionnait les jupes amples, les voiles et les colifichets alors qu'Esther, dans des robes droites et des tailleurs cintrés, évoquait un militarisme de bon aloi dont les uniformes auraient adopté les teintes les plus folles. L'une déplaçait des monceaux de froufrous pastel, l'autre semblait l'hôtesse d'une compagnie aérienne inconnue ou d'une armée fantaisiste. Cette diversité vestimentaire reflétait leur divergence de caractère. Inséparables, elles se complétaient et écrivaient ensemble leurs dissertations. Dans un précédent exposé, elles avaient choisi Annie Ernaux, non parce qu'elles raffolaient de l'auteur, au contraire. Elles préconisaient qu'il était primordial d'étudier aussi en profondeur les écrivains avec lesquels l'identification s'avérait difficile ; cela offrait de plus grandes opportunités de réflexion et d'abstraction. Le *close reading* était leur spécialité. Aujourd'hui, elles avaient opté pour un auteur différent avec lequel elles disaient ressentir beaucoup d'affinité. Elles présentaient Andreï Makine. Esther prit la parole : « Pour commencer, nous parlerons de *La Vie d'un homme inconnu* paru en 2009 pour ensuite aborder son dernier roman, *Le Livre des brèves amours éternelles*, paru également au Seuil au mois de Janvier. Pourquoi avoir choisi ces deux romans en particulier ? Parce que cela nous offre l'opportunité de réfléchir sur l'amour chez Andreï Makine. Peu de critiques se sont penchés sur ce sujet chez l'auteur, mais ces deux derniers romans en sont empreints encore plus que les autres. Nous avons opté pour l'intégration de larges citations que nous vous avons polycopiées et que vous pourrez relire plus tard pour nous pénétrer du style inimitable de l'auteur qu'il serait vain et ridicule de paraphraser.

Dans *La Vie d'un homme inconnu*, il est question de plusieurs histoires d'amour. Celles du narrateur, un écrivain du nom de Choutov, héros du second roman traité, se terminent mal. L'une d'elles est la rupture avec son amie plus jeune, l'autre est un fantasme qui n'arrive pas à terme. En revanche, il est donné à Choutov de recueillir une histoire d'amour incommensurable, celle de Volski et Mila, à qui il suffisait de regarder le ciel, pour savoir qu'ils s'aimaient, même lorsque la cruauté de la vie les séparait. Le second ouvrage, *Le Livre des brèves amours éternelles*, comporte plusieurs histoires d'amour, celles du narrateur, qui n'en forment qu'une à vrai dire car c'est de son éveil à l'amour dont il est question. Voyons le premier roman. »

Les jumelles avaient effectué leur travail en équipe et Sarah enchaînait :

« *Ils restèrent immobiles, face à face, évitant la moindre mimique, déjouant la montée des larmes.*

Il faisait, ce matin-là, moins trente, ce n'était pas le moment de pleurer.

Mila et Volski avancent dans les rues glacées de Leningrad assiégée, tirant péniblement chacun leur mort sur un chariot de fortune et se reconnaissent. La vie les séparera encore et, encore ils se retrouveront.

Il revint vers le banc, s'accroupit et chantonna tout bas, telle une berceuse : "A vous, ma bien-aimée, je vais confier mon rêve..."

Leur amour vaincra le froid, la faim, le goulag et même… la mort. Mila et Volski sont jeunes, anciens étudiants du conservatoire de musique ; l'air d'une opérette, l'hymne de leur amour. Des années plus tard, Volski, seul, devenu grabataire, se confie à Choutov, écrivain à la recherche de son passé. Dissident grincheux, émigré à Paris, celui-ci revient en Russie fuyant le désastre de sa liaison brisée avec Léa.

Avec *La Vie d'un homme inconnu*, Andreï Makine, auteur entre autres, est-il besoin de le rappeler, du *Testament français*, prix Goncourt et prix Médicis 1995, *La Musique d'une vie*, *La Femme qui attendait*, *L'Amour humain*, signe un roman majestueux d'une composition toute en subtilités profondes et denses, dans un équilibre vibrant de compassion, laissant le lecteur pantois, émerveillé par la fluidité magique de la narration des images ciselées par la maestria makinienne. *La Vie d'un homme inconnu* infirme une recrudescence de fraîcheur, une vigueur soyeuse dénonçant la maturité scripturale de l'auteur. C'est que Mila et Volski n'abandonneront jamais leur amour ni leur promesse.

Tous les jours regarde le ciel, au moins un instant, je le ferai aussi...

Ce qui aurait pu n'être qu'une banale histoire d'amour devient un chant sublime dont les notes de tendresse et de souffrance s'élèvent dans un ciel toujours plus pur allant grandissant.

La nuit, l'eau bruissait sous leurs fenêtres, des vaguelettes battaient doucement contre les marches. Il fallait dire ce calme et cette joie pour aider les gens à vivre autrement. Mais le dire avec quelles paroles ?

S'il s'agit pour Volski d'une interrogation, il semblerait bien que Makine ait trouvé la réplique dans ce roman à l'écriture ample et juste portée par un souffle puissant que seuls les plus grands possèdent.

Selon nous, dans tout le roman, comme souvent chez Makine, il s'agit de passages auto-réflectifs : la réflexion sur la mémoire. »

Sans se concerter, comme si elles avaient répété plusieurs fois leur exposé, les deux jumelles se relayaient et prenaient la parole tour à tour.

« Nous passons au second roman, *Le Livre des brèves amours éternelles*.

Dans celui-ci, Andreï Makine nous livre ses réminiscences d'un pays disparu dans la tourmente ravageuse des années quatre-vingts et ce qui pourrait être des clés pour mieux le connaître. En effet, l'auteur s'est toujours montré très discret sur sa vie, mais avons-nous là des éléments de sa biographie en lisant celle du narrateur grandi dans un orphelinat ?

Le roman se déroule sur huit scènes présentant l'éveil d'un être à l'amour. Un amour qu'il porte en lui – le lecteur le comprend – et ne le quittera jamais en dépit des aléas, parfois cruels, de la vie ; en dépit aussi des rencontres éphémères enfouies en son âme depuis lors comme des perles de souffrances douces-amères, celles de la séparation dont ne restent plus que des réminiscences nébuleuses, mais si intenses qu'elles peuvent porter un homme au pinacle de la grâce d'aimer. Il en est ainsi pour Dmitri Ress, dissident, dont on dit *"Il l'aimait... comme on ne peut être aimé... qu'ailleurs que sur cette terre"*.

Le tête-à-tête avec cet homme qui, usé par les séjours itératifs dans les camps, à quarante-quatre ans paraît un octogénaire, sous-tend et colore les face-à-face du narrateur avec les femmes, qui formeront son cœur et son esprit par la tendresse de la transcendance des moments vécus :
« Grâce à elle, je compris soudain ce que signifiait être amoureux : oublier sa vie précédente et n'exister que pour deviner la respiration de celle qu'on aime, le frémissement de ses cils, la douceur de son cou sous une écharpe grise. Mais surtout éprouver la bienheureuse inaptitude à réduire la

femme à elle-même. » Dmitri Ress s'est opposé avec récurrence au régime par des caricatures, des pamphlets avec une lucidité sauvage lui valant ses condamnations sans pour autant ramollir ses convictions à « la fermeté d'un silex » dont l'acuité s'est transmise à ses traits selon le narrateur : *« Il ressemblait d'ailleurs à un long éclat de cette pierre et son regard jetait parfois des reflets ardents, les battitures d'une pensée indomptée dans un corps défait.* » Ress lui donnera la conscience de la subversion et de l'incommensurable endoctrinement dans son pays lorsqu'il lui fait entrevoir la répétition de la scène du même défilé dans tout l'empire.

Devenu adulte, le narrateur fait la connaissance des douceurs des liaisons éphémères, celles ancrées dans les replis des souvenirs alimentés par les détails ineffaçables du quotidien.

La cocasserie d'instants comiques le dispute au tragique des moments cruels métamorphosés en minutes immarcescibles sous la magistrale plume de l'auteur. Andreï Makine offre à ses lecteurs une leçon, non seulement d'amour et de compassion, mais d'attitude existentielle car dit-il : *"... nous sommes tous capables de quitter la marche grégaire du défilé, ses vociférations exaltées, ses emblèmes écrasants, ses mensonges."*

Andreï Makine dévoile donc aussi l'un des secrets de sa formation rigoureuse et exempte des richesses superficielles et superflues, contaminant dans un foisonnement de futilités pondéreuses notre quotidien ainsi banalement surchargé devenu oppressant : *“Nous possédions si peu et si brièvement que le monde entier s’offrait à nos rêves.”* »

Ribemont-Dessaignes

L'aquarium au centre de la paroi affichait la spécialité du restaurant. Deux gros poissons, ronds comme une lune bleue, vaquaient, paresseusement d'un coin à l'autre parmi des algues vert émeraude effilées qui les caressaient mollement. Des guppies zébraient les anémones carmin de leurs rayures azurées tandis que des pattes jaunes, des gouramis rouges, noirs, bariolés formaient et déformaient des escadrilles rapides sur le sable où un corydoras poivré semblait dormir.

Gerrit Hartevelt observait les convives tout en prêtant une oreille distraite à sa voisine. Le hasard l'avait placé entre Madeleine Ruiter et Chloé Vermont, il contemplait les visages réunis autour de la table. Tous les invités lui étaient connus pour les avoir interrogés sur leur infortunée collègue, Eva Struiter. L'un d'eux, devait en savoir plus, avoir remarqué, peut-être à son insu, pensait-il, un détail qui aurait pu orienter différemment l'enquête, donner un tour nouveau à l'investigation. Mais, jusque là, ce détail primordial refusait de jaillir à la lumière, tapi dans leur mémoire et peut-être plus profond, dans leur inconscient.

L'argenterie armoriée des couverts rutilait soutenant la fulgurance des cristaux taillés. La conversation, de générale, s'était divisée en apartés plus ou moins audibles pour tous.

Madeleine Ruiter, persuadée de converser avec un policier ignare, tentait de lui expliquer les arcanes du dadaïsme :
« L'exotisme dans les avant-gardes n'est pas très explicite. S'il est présent chez les dadaïstes, ils s'en servent d'une autre manière.
– Je vous écoute.
– Prenez, *L'Empereur de Chine* de Ribemont-Dessaignes. Eh bien, vous avez là une structure des plus conventionnelles en actes et en scènes. Acte un : l'empereur de Chine, acte deux : sa fille Onane et au troisième acte Verdict. Les dadaïstes français sont très cohérents et lucides ». Bart Veweijden se mêla d'attiser le feu de Madeleine.
– Et comment voudrais-tu expliquer cela d'après la structure des actes ?
– Très simplement. Au premier acte, nous avons : la quête de l'absolu, suivie par celle du pouvoir ; convaincre le gouverneur de Chine de devenir empereur. Les Vieillards et Espher sont impliqués dans l'action. Les Vieillards demandent à Verdict de tuer Espher alors que les Vieillards sont tués par Espher qui se suicide. On retrouve là les thèmes des grandes pièces de Corneille et de Shakespeare, non ? Dans le premier acte, il y a une structure verticale ascensionnelle : Empereur, Gouverneur, Verdict et Vieillards.

– Je ne vois tout de même pas en quoi la structure du second acte diffère !

– Vous voulez rire ! C'est une progression horizontale ! Onane quête l'amour du père ou plus exactement de son père. Il y a la quête de l'or, la rencontre de la jeune fille aux yeux de verre. Elle lui arrache ses yeux. Pure cruauté théâtrale. Elle reprend la quête du pouvoir de son père sur le mode de question.

– Admettons. Et quelle serait la structure du troisième acte dans ce cas ?

– Mais, verticale descendante, voyons ! Verdict. La guerre de l'empire contre les barbares qui l'attaquent !

– Je vois : abaissement et destruction.

– Exactement ! Le théâtre de Ribemont-Dessaignes est un théâtre métaphysique. Ironique et Equinoxe sont des fantoches, des clowns, des personnages qui sortent du commun. Ils ne sont pas subordonnés aux lois de la pesanteur. Aucun des personnages, d'ailleurs, n'est réel. Ils fonctionnent par leur fonction, leur position dans l'espace scénique. Dans ce sens-là, ils sont une exagération de ce qui vaut pour les personnages de la pièce.

– Vous voulez dire que Ironique et Equinoxe sont le contraire l'un de l'autre et que l'opposition entre les deux crée une tension continuelle, que la tension entre les pôles opposés se retrouve partout dans la pièce. Dans l'horloge et aussi entre Espher et Verdict ? » lança Gerrit dans la mêlée. Ahurie Madeleine le fixa avant de continuer :

« C'est l'opposition entre les personnages et les thèmes : la guerre, l'amour. La lutte est une structure de l'univers. Ribbemont-Dessaignes est assez caractéristique de Dada.
– Et quelle est l'attitude des autres personnages par rapport à cette loi universelle de la pesanteur ?
– Le vitalisme de Ribbemont-Dessaignes et de Dada, où la vitalité se trouve en bas, dans le kundalini et non dans la spiritualité ! L'Empereur recherche vers le haut et devient virtuel dans sa transcendance et en meurt.
– Mais, Verdict meurt aussi puisqu'il fait sa déclaration d'amour devant la tête d'Onane. Tous les deux se retrouvent donc devant le néant ! »

Cela avait été plus fort que lui. Gerrit Hartevelt avait proféré cette assertion avec force. Il en avait assez de jouer le débile de service.

À l'autre bout de la table, Aafke van Rooyen sous le charme de Van Meersen-Tromp, éclatait d'un rire tonitruant aggravé par les nombreux verres de blanc d'abord, puis de rouge qu'elle avalait en deux gorgées sans faillir. Cette femme avait de la descente. Gerrit nota Van Meersen-Tromp remplir son verre dès qu'il était vide, et se garder de suivre le tempo suicidaire avec lequel elle honorait Bacchus. Son voisin de gauche, Bart Verweijden, écoutait Ilse aux lèvres de laquelle Jifar Mehaouid était pendu. Gerrit aurait donné cher pour suivre toutes les paroles qui s'échangeaient pendant ce repas, mais devant l'impossibilité de la tâche, profitant d'un moment où Madeleine avalait une bouchée de son saumon grillé sur lit d'algues, il se contenta de réveiller l'intérêt qu'elle manifestait aussi pour la causerie

« Je suis fasciné par ces dénominations qui envahissent le champ littéraire. Autofiction, autobiographie, pseudo autobiographie, écriture de soi. Nous avons besoin de vous, universitaires, pour comprendre les subtilités et les connotations de tous ces termes ». Comme il l'avait prévu, Madeleine enfourcha sa marotte et l'éperonna fortement.

Pierre Mérot

Il pleuvait à verse et les étudiants étaient moroses, les cheveux dégoulinant sur leur col et les joues rosies par la pluie qui leur avait fouetté le visage, peu attentifs en dépit de leur présence. Bart Verweijden pensa les inclure dans son cours d'une autre manière. Ils avaient tous le livre de Pierre Mérot sur leur pupitre. Au lieu de leur faire un exposé et qu'ils prennent des notes, Verweijden allait leur poser des questions. Il commença comme si de rien n'était.

« Dans *Kennedy junior*, Pierre Mérot se glisse dans l'intimité d'un adolescent de treize ans et ses frasques. Il s'appelle Ulysse parce que ses parents, Anne et Loïc sont des intellos, mais lui préfère se nommer Kennedy junior et rebaptise ses géniteurs Bob et Ruth, sa sœur Pénélope, In-Vitro et son aînée, Antigone, Maria. La famille occupe un grand appartement dans le boboland parisien ; dans le 9ème district annonce Kennedy junior pour faire newyorkais sur son blog où il livre ses idées sur beaucoup de choses et sur sa vie. Quelqu'un peut-il donner un exemple ? Oui, toi Julia.

– Entre autres, sur les hommes et les femmes avec une ironie acerbe mais non sans justesse d'un certain point de vue. Je peux faire une citation ? » Sur un signe d'assentiment, elle lut : « "*Les humains, bien souvent, ils ont le cœur à gauche et le sexe à droite, et entre les deux il y a un gouffre, et au-dessus du gouffre une sorte de filin, et sur le filin, les humains ils vont et viennent, la plupart, comme des équilibristes. Un jour, il y a le cœur, un autre, le sexe, et, chez les humains, jamais n'existe le repos de la maison centrale.*"

– Très bien. Et si je dis que Kennedy junior fait de la critique sociale, mais plus que tout, une critique de la famille, la sienne et celle des autres, peux-tu encore donner un exemple ?

– Lorsqu'il explique les particularités de sa famille : "*Bob et Ruth sont d'extrême gauche. Ils sont contre le réchauffement climatique, ils nous gavent de produits biologiques, ils achètent régulièrement des saloperies issues du commerce équitable. Ruth boit un thé dégueulasse en provenance des hauts plateaux du Pérou ; il y a une flûte de Pan sur un mur du salon ; l'hiver, In-Vitro porte un bonnet tibétain mauve et orange avec des clochettes en laine ; ils s'échauffent à propos du colonialisme, des États-Unis, etc.*"

– Exact. Tu aurais aussi pu parler de sa copine qui s'appelle Rosa parce que son père était un plombier révolutionnaire autodidacte : "*D'ailleurs, il l'a appelée Rosa à cause de Rosa Luxemburg, la spartakiste. Enfin, je vous dis ça, mais j'ai regardé sur Wikipédia, après. Sur le moment, j'avais pas toutes les références, hein ?!*" Comme les jeunes de son âge, Kennedy junior navigue de façon régulière sur Internet où il puise ses références. Il n'y a pas que la relation entre Rosa et son père qui soit hors normes. Dans la famille, les rapports sont loin d'être faciles avec les deux ascendances. Celle de son père, Bob, des petits-bourgeois et celle de sa mère, Ruth, des industriels qui taxent les parents et frères de Bob de zoo. Marieke, pourrais-tu résumer brièvement la description de la famille ?

– Là aussi, Mérot donne dans le comique d'une certaine façon. C'est tout de même plein d'humour lorsqu'il dit : "*En fait de zoo, c'est plutôt une basse-cour. Ils sont quatre garçons, chez les Poulet*" Kennedy junior avoue avoir un faible pour un parent éloigné qui a bien vécu. Et puis, comme il le dit, les Poulet sont devenus des instituteurs, grâce à la Troisième République : "*Là, le cerveau Poulet a connu une mutation décisive ! Tout illuminé par le Savoir, qu'ils ont été, les Poulet !* "

– Et, qu'est-ce que cela signifie d'être des enfants d'intellectuels ?

– Que la famille soit devenue intello signifie pour les enfants Poulet passer des vacances délirantes sous l'égide du paternel persuadé de la nécessité d'éduquer ses rejetons à tout prix même pendant les congés : "*Oui, l'été dernier, ils nous ont infligé le supplice des PYRAMIDES AZTÈQUES. J'aime autant vous dire que voyager avec deux enseignants fanatiques, deux terroristes culturels, c'est plus qu'un calvaire !*" De toute évidence, il n'est pas tous les jours drôle d'être fils d'intellos. » Tous s'esclaffèrent à cette dernière remarque. Ils savaient de quoi Mérot parlait !

– Oui, Stef. Je ne te le fais pas dire. En effet, nous

avons une possibilité d'identification avec Kennedy Junior parce que nous le comprenons à partir de notre situation personnelle. Dans *Kennedy junior*, un soupçon de nostalgie pour ce temps soi-disant béni de l'enfance n'est pas absent non plus. En témoigne Kennedy junior qui passe un pacte avec sa sœur, un pacte qui les fera se retrouver au-delà du temps et des époques, en toutes circonstances imposées par la vie dans le futur : "*Oui, chacun gravait dans le corps de l'autre un code secret, le code qui nous permettrait, un jour, un lointain jour, de nous retrouver, partout dans le monde, même masqués, masqués de l'horrible masque de l'âge adulte*". » Verweijden avait réussi à réveiller ses étudiants qui maintenant l'écoutaient avec une attention soutenue. Satisfait, il poursuivit :

– Dans ce roman, Mérot décrit les crises d'un couple vu par les yeux de leur fils, mais aussi peut-être plus encore, le mal de grandir d'un adolescent qui se considère homme de droite à treize ans, soutient Israël et trouve Sarkozy génial. La crise du père, Bob, qui veut se taper une minette. La mère, Ruth, qui l'a mauvaise sans le laisser voir, qui prend sur elle. Tout se termine bien dans ce roman où, comme vous l'avez remarqué juste à propos, l'humour prime sur le sérieux. On frise la famille recomposée ou plutôt la famille disloquée, mais les parents se remettent ensemble et comme ils sont, en plus, des bobos écolos, ils utilisent des gadgets spéciaux pour stimuler leur libido défaillante ce qui n'échappe pas à Kennedy junior toujours à l'affût des faits et gestes de Bob et Ruth. Kennedy junior a acquis sa connaissance sur Internet où il passe le plus clair de son temps à trafiquer des devoirs pour ses copains contre rémunération, une manière de se faire de l'argent de poche. Loin d'être un tendre avec les membres de la tribu, l'adolescent n'a pas la langue dans sa poche sans jamais, toutefois, s'abandonner à la vulgarité. Avec *Kennedy junior*, Pierre Mérot livre un roman léger, mais consistant, sans tabous, avec un brio débridé et une ironie détachée qui met en lumière bien des travers de notre société. Il est clair que vous en avez apprécié la lecture et nous le garderons pour une dissertation ».

Un murmure d'approbation parcourut l'auditoire. La perspective les enchantait et c'est dans un joyeux brouhaha qu'ils quittèrent la salle.

Baudelaire

« Baudelaire est différent par son côté esthétique reflété par toute sa poésie. Il a joué un rôle déterminant car il a créé un concept inédit jusque-là : Modernité. Ce mot est lié, à la fois, à *moderne* et indépendant de cet adjectif qui peut, au milieu du dix-neuvième siècle, soit porter un sens purement chronologique, soit renvoyer à la théorie du beau des Modernes de l'époque, c'est-à-dire à l'esthétique romantique. Baudelaire emploie *moderne* dans ce sens lorsqu'il répond, dans le *Salon de 1846*, à la question : "Qu'est-ce que le romantisme ?". Pour Baudelaire, "romantisme" est principalement dans la manière de sentir et non dans le choix des sujets. Pour lui, c'est l'expression la plus récente, la plus actuelle du beau. Sa conception se différentie en cela du concept *romantique* des romantiques pour qui il s'agissait plutôt d'un choix de certains sujets et d'une présentation desdits sujets ».

Madeleine, à l'encontre de ses collègues féminines, ne se teignait pas les cheveux. Son chignon, d'un beau gris cendré, enserré dans un filet perlé, reposait sur sa nuque en une coquille sage. Plus grande que la moyenne, elle était vêtue élégamment d'un ensemble de jersey bordeaux. La jupe droite longue soulignait sa minceur. Elle s'astreignait à des régimes draconiens, alternant repas de poudres protéinées, périodes de jeûne et salades de crudités pour garder une sveltesse de mannequin à la retraite. Des mines de chatte effarouchée, accouplée à des simagrées d'écervelée la faisaient passer pour plus jeune qu'elle n'était en vérité. Malgré son comportement disjoncté, les étudiants l'aimaient bien. Elle avait la réputation de les prendre au sérieux et de préparer ses cours correctement, même si parfois ses explications brumeuses prenaient des tours alambiqués franchement incompréhensibles.

Otto van Bast s'était inscrit à ses deux cours. Celui sur Baudelaire et celui sur l'autobiographie. Il avait exprimé son désir de rédiger une dissertation sur le sujet. Esther et Sarah van Thijn, les deux jumelles de père néerlandais et de mère française, suivaient tous les cours du corpus. Elles se partageaient leurs notes, leurs cours, leurs livres et leurs travaux. Elles s'intéressaient à tous les aspects de la langue, aussi bien à la linguistique qu'aux Lettres. Leurs questions étonnaient par leur pertinence frisant régulièrement l'insolence habilement camouflée par une formulation judicieuse et polie. Les professeurs se trouvaient dans l'impossibilité de leur faire une remontrance quelconque. Madeleine avait une réponse imparable et leur lançait invariablement : « Votre question me prend au dépourvu. Je vais y réfléchir. Je dois consulter mes notes. Je ne voudrais pas prendre le risque de vous induire en erreur. J'y reviendrai la prochaine fois ». Une des raisons pour lesquelles les étudiants l'appréciaient. Elle ne le faisait pas à l'esbroufe et ne craignait jamais d'avouer son ignorance.

Lana Andrianampoimerina, une Malgache bien gironde avec un fessier énorme et des seins à l'avenant qui auraient fait le bonheur d'Osmonde, roulait plus qu'elle ne marchait le long des couloirs. Dans les classes, deux places lui étaient accordées sans problème. Sa nature généreuse, au physique comme au caractère, lui valait l'estime de ses condisciples qui l'admiraient pour son prodigieux savoir sur des sujets les plus divers. Elle excellait en informatique ce qui l'auréolait d'un mérite particulier.

Otto prit la parole : « La raison principale pour laquelle le peintre hollandais Ary Scheffer n'est pas moderne aux yeux de Baudelaire réside dans le fait que cet artiste, selon Baudelaire, ne fait que singer des sentiments sans les ressentir vraiment. De plus, il lui reproche d'avoir recours à la poésie alors que lorsqu'un artiste la recherche, il ne peut la trouver. Toujours selon Baudelaire. Une autre raison est le sujet choisi par Scheffer qui ne correspond en rien à celui qu'un peintre de talent aurait pris. Les

femmes esthétiques qui se vengent de leurs fleurs blanches en faisant de la musique religieuse sont le miroir dans lequel on doit voir la peinture de Scheffer, ce qui est loin d'être flatteur, peu s'en faut ! Quant à Constantijn Guys, il recherche ce que Baudelaire appelle la modernité. Il s'agit de dégager de la mode ce qu'elle peut contenir de poétique dans l'historique.
– Si tu veux parler de modernité, enchaîna Lana, "Moderne" est pour Baudelaire associé à la mode mais, aussi au progrès, du moins l'idée du progrès qu'il voit comme une lanterne moderne qui jette des ténèbres sur tous les objets de la connaissance ». Tous l'écoutaient subjugués, elle citait de tête : "Qui veut y voir clair dans l'histoire doit avant tout éteindre ce fanal perfide". Mais, c'est une mode ; tout le monde, à l'époque, croit au progrès.
– Peut-être, continua Esther, Baudelaire s'en prend au professeur-juré qu'il considère comme une espèce de tyran-mandarin qui lui fait toujours l'effet d'un impie se substituant à Dieu et à l'homme du monde, au bon français qui lit son journal. Selon lui, ces deux types d'hommes sont aveuglés par l'idée du progrès d'une part et par leur incapacité à parcourir "l'immense clavier des correspondances" ». Sarah ne pouvait rester en retrait de sa sœur. Elle enchaîna : « Pour Baudelaire, la modernité, c'est le transitoire, le fugitif, le contingent. Selon Baudelaire, on ne peut se passer de la modernité sous peine de tomber dans le vide d'une

beauté abstraite et indéfinissable, stérile peut-être ».

Madeleine trouva le moment opportun pour glisser la suite de son cours : « Si vous parlez de beauté indéfinissable, consultons le poème *A une passante*. Ce poème est un sonnet, une des formes préférées de Baudelaire, deux quatrains suivis de deux tercets. On peut voir deux personnages : la passante et le je lyrique. Dans le premier quatrain, c'est la présentation de l'Autre, la passante : le premier vers situe l'action dans la rue, un thème récurrent de Baudelaire qui offre le paysage des destins anonymes, dans le cas présent, celui de la passante. Les trois vers suivants sont dédiés à la description de la femme, en deuil, grande, mince, telle une statue, et à son action qui la rend séduisante : elle soulève l'ourlet de sa main, probablement pour éviter de salir sa robe. Au second vers du deuxième quatrain, apparaît le je lyrique et son action : il boit dans l'œil, il est crispé, extravagant, comme il le dit. Puis, les deux tercets donnent une nouvelle dimension d'espoir aux deux quatrains ; le je lyrique renaît et pense s'il reverra jamais la passante. Donc, deux parties : l'une où les deux personnages se croisent, l'autre où l'espoir fugitif de se revoir transparaît. On voit dans ce poème quelques thèmes baudelairiens : le voyage, le fantastique (la jambe de statue), le paradoxe de l'espoir et du désespoir. L'idée de modernité s'explique par le fugitif de l'action contextuelle, le transitoire de la situation. Les oxymores chers à Baudelaire : “le plaisir qui tue”, “un éclair … puis la nuit !” ».

Après le cours, de retour dans son Bureau, Madeleine recevait les étudiants en mal de dissertation sur le sujet. L’autobiographie en inspirait plusieurs. Otto exposait le plan qu’il s’apprêtait à suivre. C’est alors que leur parvint un cri rauque, presque animal. Un bref regard l’un vers l’autre et ils se précipitèrent dans le couloir.

Houellebecq

« Pour savoir si Houellebecq est authentique comme tu l'affirmes, il faudrait en premier lieu définir ce que tu entends par là. Selon moi, Houellebecq est loin d'être né *ex nihilo*. Il s'insère dans le paysage littéraire français, cela est incontestable. Mais, peut-on dire qu'il le rénove ou qu'il lui insuffle une nouvelle vie ?
– Il a des épigones.
– Ah, oui. Lesquels ?
– Eh bien tous ceux qui pratiquent l'écriture houellebecquienne.
– Et cela consiste en quoi ? A inclure quelques propos salés ? Tu connais Pierre Louÿs, Bernard Sève, Dustan, Philippe Djian ?
– Non.
– Et Osmonde. As-tu lu Osmonde ? Parce que si Houellebecq arrive à épater le bourgeois, Osmonde est autrement philosophique.
– Dans quel sens ? Je ne l'ai pas lu.
– Prends par exemple l'article de Bruno sur Marseillan-plage. Osmonde va beaucoup plus loin. Au lieu de décrire ce qu'il voit, il brosse ce qui se passe au-delà. C'est une incontestable fiction philosophique. Une superbe mise en abyme. De plus, c'est une étudiante du héros qui écrit. Godbarsky,

prof de philo, un raté dépressif. Sa femme le trompe avec un Noir, ce qu'il ne peut supporter.

– Tu m'étonnes !

– Oui, mais, c'est la manière dont c'est écrit qui est sublime. Une écriture à se lécher les doigts, je te jure. Sa femme, Rosa, le met dehors et, par hasard, après avoir été interné en clinique psychiatrique – il a pété les plombs –, il devient photographe pour une revue pornographique. Quel parcours ! Je te passe les descriptions ! Dans un autre roman, il déclare que la vie humaine ne dure que vingt mille jours. Bref, tu dois impérativement le lire.

– Est-ce que c'est une littérature transgressive ?

– Alors là ! Impossible de te suivre. Tu sais bien que pour moi, ce terme ne veut rien dire de la façon dont tu l'emploies. Pour toi, la transgression commence avec Houellebecq et selon moi, déjà Platon transgressait les codes ! De tous temps, il y a eu des écrivains transgressifs.

– Oui, mais on ne les appelait pas comme ça.

– Maintenant, non plus.

– Si ! Palahniuk, Houellebecq, Beigbeder, Bret Easton Ellis…

– Et pourquoi pas Ernaux pendant que tu y es.

– Ernaux ? Pourquoi ?

– *L'Evénement* ! A l'époque, c'était tout de même transgressif d'écrire sur son avortement, non ? Et pourquoi pas François Bon avec *Sortie d'usine* ?

– Ça n'a aucun rapport !

– Ah, non ? Eh bien, décris-moi la transgression ou l'écriture transgressive.

– Je suis en train d'écrire un ouvrage là-dessus.
– Je te préviens. Je vais le descendre en flammes ! » Chloé éclata de rire devant la mine déconfite de Marijke. Une fois de plus, elles débattaient de leurs auteurs. Marijke s'en tenait au corpus de l'université et donnait ses cours. Chloé, libre, explorait toujours plus loin et la taquinait. Mais, aujourd'hui, en route pour l'ambassade de France, elles ne pouvaient éviter de discuter le sujet qui les effrayait.
– J'ai fait un mauvais rêve cette nuit. C'est terrible ce qui se passe à la fac.
– Oui… La police a l'air de patauger sérieusement. On se croirait en plein film ou plus exactement en plein polar.
– Penses-tu qu'il s'agisse d'un tueur en série ?
– Tu veux dire, s'il y aura d'autres cas ? »

D'un commun accord, sans s'être concertées, elles s'interdisaient d'utiliser le mot meurtre, comme si de contourner la dénomination précise gommait l'événement, les soustrayait à l'ambiance néfaste où l'allusion franche aurait pu les enclaver.

Elles furent soulagées d'arriver à destination et de se plonger dans l'air frais de fin d'après-midi. L'ambassade était à quelques minutes de la gare et elles optèrent pour la rejoindre à pied.

Modiano

La solitude mémorielle

On ne lit pas Patrick Modiano tout à fait comme un autre auteur. Du moins, est-ce ce la réflexion qui me vient à l'esprit en tenant *L'Horizon* dans mes mains. J'avais envoyé une chronique – un peu brève il est vrai – à la revue. Mon charmant rédacteur me pria de la creuser un peu plus. Réécrire ?! Ah, ça jamais ! m'écriai-je. Force m'est d'avouer le peu d'excitation que Modiano me procure et il ne m'énerve pas outre mesure non plus. Avec ça, j'étais bien lotie. Mais la littérature en décida autrement. Quelques jours plus tard, le mercredi 17 mars pour être précise, dans la newsletter du Monde, mes yeux se portaient sur *Les Indégivrables* de Xavier Gorce. Cette action n'était nullement le fruit du hasard, son dessin du jour étant la seule chose – d'un humour léger, d'accès facile – qui m'importe vraiment dans les nouvelles du matin. J'éclate fréquemment de rire en le déchiffrant et quelle ne fut pas ma surprise ce jour-là d'y lire une légende plus longue qu'à l'accoutumée : « *L'Horizon, c'est l'objectif inaccessible vers lequel se porte notre désir d'absolu ! C'est de la poésie philosophique à 2 balles parce qu'en se retournant, l'horizon on l'a aussi dans le cul !* ». Cela ne pouvait mieux tomber. J'y vis un signe (oui, en plus je crois aux signes). Sans être totalement surexcitée par la perspective, je décidai de consacrer plus de temps à Patrick Modiano – et son *Horizon* – dont l'œuvre peut se lire en trois ou quatre jours au plus. Ses livres ont l'indéniable particularité d'être peu épais.

Lire Modiano ?

Ma décision prise, je ne peux me retenir de penser à un autre roman de l'auteur, *Dora Bruder*, dont je me souviens assez bien pour l'avoir lu il y a quelques années et qui, si je suis franche, n'avait pas fait une trop grande impression sur moi, ou pour être plus exacte : une plate impression. J'avais beaucoup de difficultés, et je les ai toujours, à comprendre pourquoi Modiano est-il considéré comme un grand écrivain. Et, plus que tout, pourquoi me fait-il si peu d'effet ? Avant d'ouvrir *L'Horizon*, je me laisse envahir par les souvenirs de *Dora Bruder*. Puis, l'idée me vient. Pourquoi ne pas lire en premier quelques romans, disons les plus marquants ? Je pourrais commencer avec *La Place de l'étoile*, bien sûr puisqu'il l'a fait découvrir. Une recherche sur Internet m'apprend que je peux me le procurer à la librairie française. De même pour *Un Pédigree*. *Dora Bruder*, je l'ai déjà lu, donc rassembler mes souvenir devrait suffire. En outre, je me dois d'avoir *Rue des boutiques obscures* qui lui valut le Goncourt. Celui-là, je peux l'acheter en ligne. Ce que j'accomplis à l'instant même.

Il fait un temps splendide. Une vraie journée de printemps. Tout ce qu'il faut pour s'installer à une terrasse avec mes nouvelles emplettes. Avant d'entamer la lecture de *La Place de l'étoile*, je réfléchis. Que sais-je de Modiano ? Quelles sont mes réminiscences de *Dora Bruder* ?

Dora Bruder

Dora Bruder est un roman ouvert ; le livre n'est pas définitif puisque la vie individuelle de Dora ouvre sur bien d'autres vies. Sur celle du lecteur, sur celle d'autres Juifs, sur celle du narrateur et sur celle de l'auteur. À ce sujet, nous pouvons mentionner le boulevard Ornano que le narrateur a en commun avec son héroïne et les barrières temporelles qui s'estompent : « *D'hier à aujourd'hui. Avec le recul des années, les perspectives se brouillent pour moi, les hivers se mêlent l'un à l'autre. Celui de 1965 et celui de 1942* ». D'autre part, l'acte de naissance de Dora et celle de ses parents. Son père Ernst Bruder né à Vienne (Autriche), sa mère Cécile Burej née à Budapest (Hongrie) leur vie est relatée par le narrateur. Il parle également de sa vie à Vienne « *En 1965, j'ai eu vingt ans, à Vienne, la même année où je fréquentais le quartier Clignancourt* ». Il y a de même, si je me souviens bien, la lettre de Robert Tartakovsky qui avait tenu une chronique d'art dans le journal l'*Illustration* avant la guerre. L'auteur, lui-même est juif et, par le biais de l'histoire de Dora, il rappelle l'histoire de tous les Juifs pendant la Seconde Guerre mondiale, personnalise les millions de Juifs assassinés par les Européens. De plus, le narrateur nomme cinq jeunes filles transférées en même temps que Dora. Le roman ouvre sur d'autres créations de l'auteur, par exemple *Voyage de Noces* « *Alors le manque que j'éprouvais m'a poussé à l'écriture d'un roman, Voyages de noces, un moyen comme un autre pour continuer à concentrer mon attention sur Dora Bruder...* ».

Dora Bruder offre aussi une réflexion sur la vocation de la littérature. Le narrateur décrit ses lectures, son écriture et le métier d'écrivain. Par sa relecture de Victor Hugo, il se rend compte de la place occupée par la littérature et sa capacité à capter un reflet de la réalité « *Je me rends compte qu'il m'a fallu écrire deux cents pages pour capter, inconsciemment, un vague reflet de la réalité* ». De ce fait, la littérature sert non seulement à rendre hommage, mais simultanément de mémoire collective.

Pour le Juif français, l'Occupation est une période charnière, un tournant décisif annonciateur de changements. Durant la guerre, il devient évident que les Juifs de France ne sont pas tout bonnement des Français. En effet, les Juifs de France, bien qu'ayant servi la Nation Française n'étaient pas considérés comme des Français à part entière ou même pas du tout. Ernst Bruder était un légionnaire français et qu'il ait été fiché a permis son arrestation. Sur une note, parmi des milliers d'autres établies une vingtaine d'années plus tard pour organiser les rafles de l'Occupation et qui traînaient jusqu'à ce jour au ministère des Anciens Combattants, il est indiqué qu'Ernst Bruder a été « *2è classe, légionnaire français* ». On retrouve une variante de cette information : « *Sur la fiche de lui qui a été faite pendant l'Occupation et où j'ai lu : Mutilé de guerre à 100%. 2è classe, légionnaire français* ». Le fait d'avoir été légionnaire français n'a pas empêché E. Bruder d'être déporté en tant que Juif dans le convoi du 18 septembre 1942 pour Auschwitz. Bien que mutilé de guerre à cent pour cent, E. Bruder possède un dossier de Juif et non de Français : « *Bruder Ernst / 21.5.99 _ Vienne / n° dossier juif : 49091 / Profession : Sans / Mutilé de guerre 100 %. 2è classe légionnaire français gazé ; tuberculose pulmonaire. Casier central E56404* ».

Modiano, réputé pour son relativisme, n'est néanmoins pas un auteur engagé. Il montre sans cesse les ambiguïtés et les complexités des situations dépeintes. L'auteur n'est pas un historien même si ses romans ont une portée historique. Il n'exprime pas de jugement comme on peut le voir, par exemple, lorsqu'il parle de l'écrivain allemand, Félix Hartlaub : « *Comme Friedo Lampe, il est mort à Berlin au printemps de 1945, à trente-deux ans, au cours des derniers combats, dans un univers de boucherie et d'apocalypse où il se trouvait par erreur et dans un uniforme qu'on lui avait imposé mais qui n'était pas le sien.* »

L'auteur relativise de même la position des fonctionnaires : « *Au moment de signer, ce fonctionnaire mesurait-il la portée de son geste ? Au fond, il ne s'agissait, pour lui, que d'une signature de routine et, d'ailleurs, l'endroit où était envoyée cette jeune fille était encore désigné par la Préfecture de police sous un vocable rassurant : "Hébergement, Centre de séjour surveillé".* » Ainsi évoque-t-il à un certain moment les amies des Juifs qui avaient, à l'instar de leurs compagnons, arborer l'étoile juive en signe de solidarité ; les dossiers des anciens combattants ayant servi au recensement des Juifs. D'après Modiano, les Juifs ont été persécutés avant et après la guerre et pour cela le narrateur a souffert bien qu'il soit né après la guerre.

Dora Bruder a, en outre, une portée allégorique plus large. Dans son évocation de l'Occupation, Modiano vise également la société moderne bureaucratique et technocrate. Il fait preuve d'un dégoût évident pour celle-ci et la déshumanisation qu'elle engendre dans les commissariats de police, les hôpitaux. Sa recherche de l'extrait de naissance de Dora Bruder métaphorise le trajet d'un prisonnier dans un camp de concentration.

Le narrateur s'est intéressé à Dora avant tout à cause de son caractère rebelle. Sa fugue a été l'affirmation de sa liberté. Elle n'a pas voulu se soumettre à la discipline du pensionnat et s'est révoltée contre son sort. En cela, Dora a fait preuve d'indépendance. Le narrateur, lui aussi a fait une fugue ce qui, dans son optique, le rapproche d'elle : « *Je me souviens de l'impression forte que j'ai éprouvé lors de ma fugue de janvier 1960* » mais, il est conscient des conditions très dissemblables dans lesquelles se sont déroulées leur fugue respective : « *Qu'est-ce qui nous décide à faire une fugue ? Je me souviens de la mienne le 18 janvier 1960, à une époque qui n'avait pas la noirceur de décembre 1941. Sur la route où je m'enfuyais, le long des hangars de l'aérodrome de Villacoublay, le seul point commun avec la fugue de Dora, c'était la saison : l'hiver. Hiver paisible, hiver de routine, sans commune mesure avec celui d'il y avait dix-huit ans* ».

La Place de l'étoile
Satisfaite de mes capacités mémorielles à la Modiano, je commande un thé à la menthe fraîche et une tarte au chocolat pour savourer *La Place de l'étoile*, le Folio, version édulcorée avec illustration de Pierre le Tan en couverture. Un arc de triomphe sans tombe du soldat inconnu et haut dans le ciel une étoile de David jaune.

J'en oublie ma tarte, mon thé, et j'en perds, non pas mon latin (ayant fait Lettres modernes je ne l'ai jamais eu), mais la notion du temps. Schlemilovitch me donne le tournis. Il a « *décidé d'être le plus grand écrivain juif français après Montaigne, Marcel Proust et Louis-Ferdinand Céline* ». M'enfonçant plus avant dans ma lecture, je note : un brin antisémite, le Juif !! Narration caustique, écriture aux points de vue passant du tu au nous, puis au vous, pour revenir au je. Dans une ronde incessante, tentative de saisir l'intangible et des vérités insaisissables.

Le roman en 68 a fait pas mal de bruit à sa parution et je discerne un peu pourquoi. Il cloue au pilori l'antisémitisme galopant et la collaboration française – de faits ou latente – pendant l'occupation allemande. Raphael Schlemilovitch. Un nom aux consonances illustratives.

Le roman débute par un pastiche des écrits antisémites de Céline. La figure du père y est romanesque en raison même de son ambiguïté Schlemilovitch fait preuve d'une rare érudition. Aucun des écrivains réactionnaires ne lui sont inconnus et il les cite abondamment. Je me dis que ce premier roman a dû surprendre au plus haut point les intellectuels dont les intérêts se centraient principalement sur les idéologies internationales. Apatrides, Schlemilovicth et le narrateur ressemblent étrangement à l'auteur, fils d'immigrés : « *Je ne suis pas un enfant de ce pays. Je n'ai pas connu les grand-mères qui vous préparent des confitures, ni les portraits de famille, ni le catéchisme* ».

Parodie et provocation étalées à la louche : « *Il espéraient un nouveau Marcel Proust, un youtre dégrossi au contact de leur culture, une musique douce, mais ils ont été assourdis par des tam-tams menaçants. Maintenant, ils savent à quoi s'en tenir sur mon compte. Je peux mourir tranquille.*

Les critiques du lendemain me causèrent une

très grande déception. Elles étaient condescendantes. Je dus me rendre à l'évidence. Je ne rencontrais aucune hostilité autour de moi, sauf chez quelques dames patronnesses et de vieux messieurs qui ressemblaient au colonel de La Rocque. La presse se penchait de plus belle sur mes états d'âme. Tous ces Français avaient une affection démesurée pour les putains qui écrivent leurs mémoires, les poètes pédérastes, les maquereaux arabes, les nègres camés et les juifs provocateurs. Décidément il n'y avait plus de morale. Le juif était une marchandise prisée, on nous respectait trop. Je pouvais entrer à Saint-Cyr et devenir le maréchal Schlemilovitch : l'affaire Dreyfus ne recommencera pas ». Un peu l'histoire de la réception de *La Place de l'étoile*, somme toute.

Une heure et demie plus tard, le livre refermé, je constate que la question du père et de son absence dans son omniprésence est douloureuse et lourde à porter : « *Je regrettai amèrement le départ de mon père. Pour moi commençait l'âge adulte. Sur le ring, il ne restait qu'un seul boxeur. Il s'envoyait des directs à lui-même. Bientôt il s'écroulerait. En attendant, aurais-je la chance de capter – ne fût-ce qu'une minute – l'attention du public ?* ». Moi, le lecteur, je suis fréquemment le témoin d'un humour discret, fait de jeux de mots voilés comme dans les phrases suivantes : « *Décidément l'Amérique latine avait la cote dans le Bordelais, cet automne-là* » et « *Pas un moment il ne lui vint à l'idée qu'après avoir été un juif collabo, un juif normalien, un juif aux champs, il risquait de devenir dans cette limousine aux armes de la marquise (de gueules sur champ d'azur avec fleurons rissolé d'étoiles en sautoir) un juif snob* ». Cette dernière, illustre de façon poignante la recherche de l'identité qui reste la question fondamentale du roman. L'identité qui effraie le narrateur et trouble le lecteur par l'attrait quasi fantomatique exercé.

Rue des Boutiques obscures

Le beau temps de printemps continue et je peux à nouveau m'installer au soleil avec mon Modiano fraîchement arrivé dans ma boîte aux lettres. *Rue des Boutiques obscures* met en scène un personnage-narrateur amnésique à la recherche de son passé qui peut lui signifier son identité. Il ne sait plus qui il est, a été. Quelques phrases sont criantes de vérité et de réflexion : « *Les gens ont, décidément, des vies compartimentées et leurs amis s'ignorent entre eux. C'est regrettable.* » Bien que ceci soit particulièrement vrai pour le narrateur, le lecteur ne peut se retenir d'en savourer la justesse.

Cependant, l'écriture vertigineuse de Modiano me donne le tournis et mal à la tête encore une fois. Mais une centaine de pages plus tard, je prends plaisir à la lecture. Pas que ce soit l'endroit où j'entre enfin dans le livre, mais c'est celui où la langue commence à entrer en littérature, d'une façon magistrale, il faut bien l'avouer :

« *La rue était déserte et plus sombre que*

lorsque j'étais entré dans l'immeuble. L'agent de police se tenait toujours en faction sur le trottoir d'en face. Vers la gauche, si je penchais la tête, j'apercevais une place, déserte elle aussi, avec d'autres agents de police en faction. Il semblais que les fenêtres de tous ces immeubles absorbassent l'obscurité qui tombait peu à peu. Elles étaient noires ces fenêtres et on voyait bien que personne n'habitait par ici.

Alors, une sorte de déclic s'est produit en moi. La vue qui s'offrait de cette chambre me causait un sentiment d'inquiétude, une appréhension que j'avais déjà connus. Ces façades, cette rue déserte, ces silhouettes en faction dans le crépuscule me troublaient de la même manière insidieuse qu'une chanson ou un parfum jadis familiers. Et j'étais sûr que, souvent, à la même heure, je m'étais tenu là, immobile, à guetter, sans faire le moindre geste, et sans même oser allumer une lampe ».

Pourquoi aime-t-on Modiano ? Pour ma part, je suis même incapable de dire si j'aime le lire. Peut-être pas, en définitive. Cette recherche constante et itérative de l'identité par tous les moyens possibles force très certainement l'admiration, toutefois, je la trouve pathologique, pathétique en un sens et je regrette qu'elle s'inscrive dans un langage si terre à terre, si quotidien, si plat en ce qui me concerne. L'admirable réside plus dans ce qui est dit que dans la façon dont s'est couché sur le papier. Une simplicité qui s'effiloche de page en page. Pénélope ne pouvait faire mieux pour éviter d'achever sa tapisserie. Modiano tisse au fil des lignes une toile au centre de laquelle se tapit une mémoire récalcitrante prête à dévorer chaque souvenir. Et, pourtant. Un paragraphe comme celui que je viens de lire est absolument sublime.

Un pedigree

D'un livre à l'autre, j'ai la sensation de lire le même ouvrage. Dans *Un pedigree*, Modiano écrit « *À part mon frère Rudy, sa mort, je crois que rien de tout ce que je rapportera ici ne me concerne en profondeur. J'écris ces pages comme on rédige un constat ou un curriculum vitae, à titre documentaire et sans doute pour en finir avec une vie qui n'était pas la mienne. Il ne s'agit que d'une simple pellicule de faits et gestes. Je n'ai rien à confesser ni à élucider et je n'éprouve aucun goût pour l'introspection et les examens de conscience. Au contraire, plus les choses demeuraient obscures et mystérieuses, plus je leur portais de l'intérêt. Et même, j'essayais de trouver du mystère à ce qui n'en avait aucun. Les événements que j'évoquerai jusqu'à ma vingt et unième année, je les ai vécus en transparence – ce procédé qui consiste à faire effiler en arrière-plan des paysages, alors que les acteurs restent immobiles sur un plateau de studio. Je voudrais traduire cette impression que beaucoup d'autres ont ressentie avant moi : tout défilait en transparence et je ne pouvais pas encore vivre ma vie* ». Une impression que le lecteur retrouve dans tous les livres, confronté à la recherche d'une identité fuyante comme toujours vécue de l'extérieur dans l'absence d'un soutien parental jamais défini explicitement. Bien au contraire, Modiano se retient, comme il l'écrit, de noter la dureté de ses parents à son égard et le manque d'amour dans son enfance : « *Jamais je n'ai pu me confier à elle [sa mère] ni lui demander une aide quelconque. Parfois, comme un chien sans pedigree et qui a été un peu trop livré à lui-même, j'éprouve la tentation puérile d'écrire noir sur blanc et en détail ce qu'elle m'a fait subir, à cause de sa dureté et de son inconséquence. Je me tais. Et je lui pardonne. Tout cela est désormais si lointain...* » La cruauté, voulue ou inconsciente, de ses parents est à la racine de son écriture, un refuge pour échapper au souvenir tout en le choyant, en le reformant : « *Je me souviens que je trouvais quand même un horizon dans ce quartier de Grenelle, grâce aux petites rues tracées au cordeau avec leurs échappées vers la Seine. Parfois, je prenais des taxis très tard dans la nuit. La course coûtait cinq francs. À la lisière du XV*e *arrondissement, il y avait souvent des contrôle de police. J'avais falsifié ma date de naissance sur mon passeport pour avoir l'âge de la majorité, transformant 1945 en 1943.* »

La conscience du moi, le rapport à autrui (ou son absence), la perception du temps, la mémoire fuyante, forment les névroses phobiques des héros modianesques. La solitude est leur lot quotidien ainsi que l'errance à la recherche d'une identité problématique. Omniprésente et fantomatique, la présence du père hante fréquemment les pages. Les questions ontologiques assaillent – jusqu'au point de non retour – les narrateurs obsédés par la mort, la leur, celle de proches ou de parfaits inconnus. A cet égard, Dora Bruder du roman éponyme, exterminée dans les camps de la mort nazis, restera le symbole de tous les Juifs assassinés gratuitement dans l'indifférence quasi cataleptique.

En bref, le héros modianesque est un solitaire, désincarné, désamarré du monde, abandonné à soi-même. Une souffrance, dont l'écrivain lui-même a subi les affres et qu'il raconte dans ce récit autobiographique, *« Un Pedigree »* : « *Et sur sa table de nuit, je me souviens d'un livre :* Comment se faire des amis, *ce qui me fait comprendre aujourd'hui sa solitude* ».

L'Horizon

Dernier jour de ma période modianesque. Dans *L'Horizon*, le nouveau roman de Patrick Modiano, Jean Bosmans déroge peu à la règle. Solitaire, il l'est. De même Margaret Le Croz, son amie perdue de vue. Bosman se débarrasse du temps pour le reconquérir sous forme de passé grâce à ses petits carnets, des cahiers Clairefontaine. Le temps, comme une origine retrouvée, lance l'épiphanie d'un passé à nouveau accessible dans le présent, une quarantaine d'années après son émergence dans les vies des deux protagonistes. L'imparfait offre une sorte de palingénésie du discours et l'éclosion du passé peut prendre place grâce, somme toute, à la mémoire revisitée qui fusionne, diffuse, les effusions du présent et du passé en une perspective centripète.

Une femme acariâtre, rousse et un défroqué, poursuivent Bosman, l'agressent, le rançonnent. Ce sont ses parents, dit-il sans en être tout à fait certain. Quant à Margaret, un homme, Boyaval, l'effraie par son assiduité acerbe et hostile. Persécutée, elle fuit ; toujours plus loin. Son affliction n'est pas sans rappeler celle de Guy dans « *Poupée blonde* » qui craint la réapparition d'un ancien condisciple de lycée, bizarre et hargneux, qu'annonce le bruit de son moteur au bruit terrifiant ; à cette différence que Boyaval surgit à l'impromptu.

Le caractère inquiet, la peur des catastrophes, les crises d'angoisse effrénées, synonymes de la solitude existentielle ancrée en chacun des personnages feront place à ce que pourrait être l'espoir de retrouvailles dans un monde interlope :

« *Il suivait la Dieffenbachstrasse. Une averse tombait, une averse d'été dont la violence s'atténuait à mesure qu'il marchait en s'abritant sous les arbres. Longtemps, il avait pensé que Margaret était morte. Il n'y a pas de raison, non, il n'y a pas de raison. Même l'année de nos naissances à tous les deux, quand cette ville, vue du ciel, n'était plus qu'un amas de décombres, des lilas fleurissaient parmi les ruines, au fond des jardins.* »

Ce dernier roman offre un horizon, une faible ouverture vers un avenir possible à l'encontre des romans précédents où tout futur, résultat d'un passé inassumé, est d'avance voué à l'échec.

Incapable de définir mon sentiment à l'égard de Modiano, je referme le livre. En définitive, c'est peut-être cela la sensation modianesque. L'indécision. J'aime ou je n'aime pas. Il me faudra attendre le prochain Modiano pour creuser la question et connaître la réponse. Mais, pour moi maintenant, c'est un fait acquis. Une fois la lecture entamée, il m'est impossible de reposer ses romans. Je les ai lus d'une traite, sans reprendre mon souffle et en retenant ma respiration.

Jean-Michel Guenassia

Roman de la trahison

A la rentrée de 2009, *Le Club des Incorrigibles Optimistes* de Jean-Michel Guenassia obtenait le prix Goncourt des lycéens. Loin des entretiens et des articles qui lui furent consacrés, nous avons lu ce livre dont le thème principal est la trahison. Pas un personnage du roman qui ne trahisse quelque chose ou quelqu'un à un moment donné, que ce soit une famille, des enfants pour sauver sa peau, un idéal pour un frère, une vocation pour un amour. Même le héros, Michel Marini, le narrateur trahit ses amis pour une vérité. Une fresque de composition subtile, construite en strates réflectives dans une stupéfiante clarté de langage. Des rebondissements rocambolesques qui débutent au cimetière.
« *Aujourd'hui, on enterre un écrivain. Comme une dernière manifestation. Une foule inattendue, silencieuse, respectueuse et anarchique bloque les rues et les boulevards autour du cimetière Montparnasse. Combien sont-ils ? Trente mille ? Cinquante mille ? Moins ? Plus ? On a beau dire, c'est important d'avoir du monde à son enterrement. Si on lui avait dit qu'il y aurait une telle cohue, il ne l'aurait pas cru. Ça l'aurait fait rire. Cette question ne devait pas beaucoup le préoccuper. Il s'attendait à être enterré à la sauvette avec douze fidèles, pas avec les honneurs d'un Hugo ou d'un Tolstoï. Jamais dans ce demi-siècle, on n'avait vu autant de monde pour accompagner un intellectuel. À croire qu'il était indispensable ou faisait l'unanimité. Pourquoi sont-ils là, eux ? Pour ce qu'ils connaissent*

de lui, ils n'auraient pas dû venir. Quelle absurdité de rendre hommage à un homme qui s'est trompé sur tout ou presque, fourvoyé avec constance et mis son talent à défendre l'indéfendable avec conviction. Ils auraient mieux fait d'aller aux obsèques de ceux qui avaient raison, qu'il avait méprisés et descendus en flammes. Pour eux, personne ne s'est déplacé. »
Avec, en outre, la rencontre d'un ancien ami, le ton est placé. On retourne vingt ans en arrière et voit se dérouler la chronique familiale – Marini du côté italien et Delaunay pour les bourges – entrelacée à celle des héros réfugiés : Tibor, Leonid, Imre, Pavel, Igor, Sacha et les autres apprennent à Michel les nuances politiques, les échecs et une vision acquise par l'expérience « *Il y a un principe fondamental de survie sur cette terre. Si tu avais vécu de l'autre côté, il serait vissé au fond de ton crâne : ne jamais faire confiance ! À personne ! Tu m'entends ? C'est un mot meurtrier. Il a tué des milliers de couillons dans ton genre.* »

Féru de lecture, le narrateur, comme tout adolescent, s'interroge sur beaucoup de choses de la vie. Lors de promenades dans les musées, son grand-père Enzo lui fait découvrir les arts et résout les questions existentielles qui le tracassent.
« *Lire et aimer le roman d'un salaud n'est pas lui donner une quelconque absolution, partager ses convictions ou devenir son complice, c'est reconnaître son talent, pas sa moralité ou son idéal. Je n'ai pas envie de serrer la main d'Hergé mais j'aime Tintin. Et puis, es-tu toi-même irréprochable ?* » Même si cette position se discute, elle suffit amplement au narrateur.

La fréquentation de son ami Pierre apportera

d'autres questions car celui-ci prône l'interdiction de se reproduire pour la plupart des humains vu la situation catastrophique dans laquelle ils ont mis le monde. Il invente une nouvelle doctrine pour étayer sa vision personnelle.
« *D'après ses explications enfiévrées, nos maux venaient de la démocratie et des méfaits causés par le droit de vote accordé à la multitude des imbéciles. Il voulait remplacer la république de la masse par celle des sages. Il faudrait supprimer les libertés individuelles pour les remplacer par un ordre collectif où seuls les plus compétents et les plus instruits pourraient décider de l'avenir de la société. Il comptait sur le temps libre qu'il aurait en Algérie pour écrire un livre majeur et fondateur sur la question. Il profiterait de son incorporation pour tenter de trouver une alternative à l'élimination physique des opposants. Il sentait qu'il y aurait une difficulté à atteindre ses objectifs sans devenir un nouveau Staline.* »
Appelé pour aller se battre en Algérie contre son gré, il fait contre mauvaise fortune bon cœur. Michel, quant à lui, reste lucide et réfléchit tout au long du roman. On pourrait peut être reprocher à l'auteur l'absence d'un développement psychologique de son personnage principal qui apparaît d'un bloc d'un bout à l'autre. Mais, ce serait une injustice car ce léger défaut est amplement compensé par la faculté d'écoute du héros et sa profonde réflexion devant chaque épisode de ces années avant l'obtention de son bac.

Franck, le frère aîné de Michel, au contraire de son meilleur ami, s'est inscrit dans une cellule communiste et devance l'appel. Les adieux se font autour d'un repas car on mange bien chez Guenassia. « *Il m'a invité au Volcan, un petit restaurant grec où la patronne cuisinait comme à Salonique. On est allés dans la cuisine, on a soulevé les couvercles et on a choisi au fumet. Ça sentait les aubergines, les courgettes et les poivrons mijotés avec des oignons confits, du cumin et du laurier. Ce soir-là, Franck m'a raconté l'histoire de notre famille, la rencontre de nos parents, la guerre, sa naissance, leur séparation durant cinq ans, leurs retrouvailles et leur mariage forcé. Il avait besoin de vider son sac. Je n'ai pas ouvert la bouche. Les enfants ne connaissent pas la vie de leurs parents. Quand ils sont jeunes, il n'y pensent pas parce que le monde a commencé avec eux. Leurs parents n'ont pas d'histoire et ont la mauvaise habitude de ne parler aux enfants que de l'avenir, jamais du passé. C'est une grave erreur. Quand ils ne le font pas, ils restent toujours comme un trou béant.* » Franck explique à sa façon le passé de ses parents et la haine supposée de sa mère à son égard. Quand il sera parti de l'autre côté de la Méditerranée, sa mère, intransigeante à l'extrême sur bien des points, éprouvera du chagrin, ce qu'il ne saura jamais.

Entre-temps, Michel fait la connaissance des émigrés de l'Est ayant fui le communisme ou le bolchévisme, des Hongrois, des Russes, des Roumains… empreints de mystères personnels possédant en commun le talent de discuter de tout et de rien et de transformer chaque prise de position en palabres fougueuses racontées avec verve par l'auteur non sans humour. Ainsi lorsqu'après plusieurs semaines, un amnésique recouvre soudainement la mémoire. « *De petits groupes discutaient avec véhémence. Deux camps s'opposaient : les mystiques qui y voyaient une intervention divine et les mécréants qui ne constataient qu'un mystère de plus du corps humain. Cette guérison inexplicable relevait-elle du surnaturel ? Ou était-ce la preuve flagrante de notre ignorance ? Existait-il un matérialisme physique, voire corporel, comme il existait un matérialisme historique ? Le ton montait. On se coupait la parole. On s'excitait. Les uns et les autres n'étaient pas à court d'arguments et d'exemples édifiants. Il était triste de constater qu'aucune de ces brillantes démonstrations n'avaient d'efficacité. Notre incapacité à convaincre l'autre est la preuve absolue de l'utilité, en fonction de nos moyens, de l'insulte pleine de mépris, du coup de poing, du couteau affilé, du pistolet automatique, du bâton de dynamite relié à un détonateur ou du porte-avion nucléaire. Nos malheurs ont une seule cause : nos opinions sont sacrées. Ceux qui refusent de changer d'avis sont des imbéciles et ceux qui se laissent convaincre aussi.* » Est-ce le narrateur ou l'auteur qui émet ces opinions dont se truffent les pages. On peut être d'accord ou pas, mais on cogite. Qu'importe que ce soit Michel, l'auteur ou le narrateur qui nous confie ces questions déguisées en réponses. Elles se succèdent d'abondance et lardent les anecdotes de théories toutes plus fumeuses les unes que les autres.

Michel grandit à cheval sur plusieurs mondes. Le familial, divisé en ouvriers du côté paternel et en bourgeois du côté maternel et des frictions qui s'ensuivent ; le scolaire, avec les colles, les maths incompréhensibles, les copains et copines, les parties de babyfoot ; la politique, avec ses amis du Club. Toutefois,

Michel reste enfant et se bat contre les adultes avec les moyens du bord. Le concierge lui est-il désagréable de façon intolérable ? Qu'à cela ne tienne, il se venge : « *À chaque fois que j'apercevais une merde de chien, je marchais exprès dedans puis je m'essuyais la semelle sur son paillasson.* » Ces enfantillages – nauséabonds on s'en doute – ne l'empêchent nullement de philosopher sur les relations humaines et, évidemment, la littérature : « *Les grands romanciers ont constaté que, si les femmes obtiennent des hommes des serments absolus, la plupart du temps, les hommes sont parjures. Les uns et les autres ne leur accordent pas la même valeur. Cette trahison occupe la deuxième partie de l'histoire. Ceux qui se débrouillent bien ont de quoi faire un deuxième tome. Peut-être que la nouveauté dans le roman moderne, miroir de son époque, est d'avoir permis aux femmes de se renier elles aussi, de trahir comme les hommes et de devenir solitaires.* »

C'est probablement l'amour de la lecture chez Michel qui prime. Le lecteur s'identifie sans problème ou hésitation avec une facilité surprenante à ce narrateur qui lit sans cesse même en marchant, et fréquente la bibliothèque avec assiduité. « *Je ne connaissais ni le titre ni l'auteur de ce roman. Je l'ai feuilleté et je me suis arrêté au hasard sur un paragraphe. J'ai lu trois fois dix lignes à cinquante pages d'intervalle. Il y a dans la lecture quelque chose qui relève de l'irrationnel. Avant d'avoir lu, on devine tout de suite si on va aimer ou pas. On hume, on flaire le livre, on se demande si ça vaut la peine de passer du temps en sa compagnie. C'est l'alchimie invisible des signes tracés sur une feuille qui s'impriment dans notre cerveau. Un livre, c'est un être vivant. Les gens, rien qu'à les voir, vous savez si vous serez leur ami.* »

Il est de bon ton de prétendre ne pas sortir indemne d'un ouvrage, d'un roman ; une sorte de tendance de la critique. Pour notre part, nous sommes sorties enrichies de cette lecture, ravies, déçues d'avoir terminé les sept cent cinquante pages aussi rapidement, car nous étions scotchées. La vie de Michel, de sa famille, ses amis et les réfugiés de l'Est au bar du *Balto* à Denfert-Rochereau, la guerre d'Algérie et la Russie stalinienne nous a entrainées dans le tourbillon de la narration. Tous les personnages possèdent une théorie pour ne pas dire une philosophie, ce qui rend la lecture captivante. Un roman parfait ? Non, captivant ! Et en ce qui nous concerne, nous lui pardonnons facilement quelques futiles anachronismes.

Les Femmes de Mérimée

Né le 28 septembre 1803 à Paris, Prosper Mérimée a un an lorsque Bonaparte devient empereur et douze ans à la bataille de Waterloo. Deux évènements qui, avec la retraite de Russie et l'abdication de Napoléon en 1814, colorent les échos de son enfance. Trois régimes et trois révolutions sont les résultats dominants de l'instabilité politique qui marque sa vie d'adolescent et d'adulte. Sa mort, le 23 septembre 1870 à Cannes, concorde à peu de chose près avec la chute de l'Empire. Mérimée a soixante-sept ans. Venu avec le mal du siècle incarné par René, le héros de Chateaubriand, il repart au moment où le réalisme triomphe avec Balzac et *La Comédie humaine*. Entre ces deux charnières de la littérature française, Mérimée s'impose comme un maître incontesté dans l'art de la Nouvelle.

Farceur et plein d'humour, il intronise sa carrière littéraire en déployant son goût du canular avec *Le Théâtre de Clara Gazul* (1825), un recueil de pièces en prose qu'il publie sous un pseudonyme féminin. C'est un portrait de Mérimée, travesti en belle espagnole, qui en décore le frontispice. Puis, il récidive avec *La Guzla,* une anagramme de Gazul. La mode romantique l'entraîne ensuite vers le genre historique, témoins *La Jacquerie* (1828) et *Chronique du règne de Charles IX* (1829). Mais, c'est surtout en publiant ses premières nouvelles, *L'Enlèvement de la Redoute, Tamango* (1829), qu'il remporte un succès immédiat et considérable. De 1829 à 1870, il écrit une vingtaine de nouvelles parmi lesquelles *La Vénus d'Ille* (1827), *Colomba* (1840), *Arsène Guillot* (1844) et *Carmen* (1845) que nous avons choisies. Quatre nouvelles ayant un personnage féminin pour héroïne. Quatre femmes en proie à des passions fatales qui les pulvérisent, elles ou leur entourage. Qui sont ces femmes ? Sont-elles à plaindre ? Compatissons-nous à leurs déboires ? Quel est leur sort ? Tant de questions qui se résument en une seule : la représentation de la femme dans la nouvelle de Mérimée est-elle destinée à émouvoir le lecteur par le spectacle de la fatalité qui l'écrase ou bien a-t-elle une autre fonction dramaturgique ? Nous allons étudier cette question dans les pages suivantes, en traçant en premier un bref portrait de ces héroïnes pour nous aider à les situer l'une par rapport à l'autre. Pour ce faire, nous suivrons l'ordre chronologique de leur parution et nous commençons par un bref résumé de la première nouvelle : *La Vénus d'Ille* où l'héroïne est une femme sous forme de statue.

Dans le village d'Ille, on a trouvé enfouie au pied d'un olivier une statue antique. Les gens du pays l'appellent l'idole. Au premier abord, son aspect est celui d'un mort « et voilà qu'il paraît une main noire, qui semble la main d'un mort » pour devenir enfin « une grande femme noire plus qu'à moitié nue » dont les hommes ne peuvent supporter le regard : « Elle vous fixe avec ses grands yeux blancs… on baisse les yeux » devant la « Romaine » qui « a l'air méchante ». Méchante, elle l'est et elle casse la jambe à Jean Coll venu aider à l'exhumation. Le matin de ses noces, le fils Peyrehorade, une sorte de dandy s'engage dans une partie de jeu de paume et accroche la bague destinée à la mariée au doigt de Vénus. Alors que son père claironne qu'être meurtri par Vénus doit être considéré comme un hommage : « Qui n'a été blessé par Vénus », il se sent ensorcelé car la statue refuse de lui rendre l'anneau lorsqu'il veut le reprendre ! « Vous allez vous moquer de moi, … Mais je sais ce que j'ai… je suis ensorcelé ! Le diable m'emporte ! », confie-t-il au narrateur, un amateur d'antiquités de passage. Le lendemain, son corps est retrouvé sans vie dans la chambre nuptiale où la jeune épousée témoigne d'une histoire extraordinaire. Un grand géant verdâtre serait apparu dans la chambre pour s'emparer du jeune homme. Six mois plus tard, le propriétaire de la Vénus meurt et sa veuve, une femme toute à ses fourneaux, fait refondre la statue en cloche. En résumé, nous voyons qu'après avoir semé la terreur et le malheur dans le village, Vénus est transformée en cloche et rendue totalement méconnaissable par le processus. Passons maintenant au second récit : *Arsène Guillot*.

Arsène, née dans la misère, sans moyens de

subsistance, tente de se suicider. C'est une jeune femme de vingt-cinq ans environ, dont la grande beauté concentrée dans les yeux ne suffit pas à cacher le malheur : « bien que très brillants, ses yeux noirs étaient enfoncés et cernés par une teinte bleuâtre ; son teint d'un blanc mat, ses lèvres décolorées, indiquaient la souffrance. » La description de sa toilette nous suggère d'emblée que nous avons affaire à une courtisane déchue qui n'a plus les moyens de s'offrir du luxe : « un bizarre mélange de négligence et de recherche ». Au cas où nous nous méprendrions, le narrateur insiste en s'adressant directement à nous par l'entremise de son interlocuteur : « Cette femme, dont vous avez pu deviner la position sociale ». Par ailleurs, Arsène elle-même confirme nos soupçons « Que voulez-vous ? Je suis pauvre. » C'est par vengeance et non par amour, qu'elle a voulu se tuer à cause d'un homme, ce qu'elle avoue franchement sans fausse pudeur « Et puis, je me suis dit que si je me détruisais, ça lui ferait de la peine et que je me vengerais… La fenêtre était ouverte, et je me suis jetée… ». En cela, la vengeance est aussi naturelle à Arsène qu'à notre prochaine héroïne, Colomba. Arsène se révèle être poitrinaire ; si elle réchappe de la tentative de suicide, la maladie fait son chemin. Madame de Piennes, une grande dame pieuse se rend à son chevet et lui apporte le soulagement de la charité : « Dieu aura pitié de vous, pauvre pécheresse ». Il s'agit d'un bien triste soulagement qui la fait se repentir et s'adonner au plaisir de la résignation jusqu'au point de renoncer à celui pour qui elle a voulu mourir : « Max de Saligny avait le renom d'un assez mauvais sujet, joueur, querelleur, viveur, *au demeurant le meilleur fils du monde* ». Bien que le narrateur le démente et la décrive incapable d'aimer « Autrefois elle avait aimé Max, comme elle pouvait aimer… elle mène la vie folle des femmes de son espèce » et aussi impossible à aimer « comme on peut aimer une personne de cette classe » l'ultime cri d'Arsène sera « J'ai aimé ». Pauvre résumé de la vie d'Arsène qui rentre dans l'ordre, consentante, meurtrie, le cœur et le corps rongés par les maux funestes. En résumé, Arsène est une jeune et jolie femme qui a mené une vie loin de la vertu et meurt en proie à un vif repentir. Passons à la nouvelle suivante et voyons Colomba.

Colomba a enseveli sa jeunesse et sa beauté en prenant le deuil de son père. A la mort de ce dernier, elle a juré de le venger. Lorsque son frère, Ors'Anton, revient au pays, elle lui impose la vendetta. Tous les moyens lui sont bons afin d'atteindre son but. Souvent, décrite plus homme que femme, Colomba s'y connaît en arme et choisit le fusil à la place de son frère : « celui-ci doit bien porter la balle. » Elle apprécie la poésie et devient tout feu toute flamme en entendant Ors' Anton lire Dante car elle est une voceratrice, une artiste, elle chante et déclame. Toutefois, elle reçut au dire de son frère, une « éducation sauvage ». Populaire, elle l'est également. On l'invite pour ses dons de voceratrice à la veillée mortuaire au cours de laquelle elle se transforme en déesse : « A mesure qu'elle improvisait, sa figure prenait une expression sublime ; son teint se colorait d'un rose transparent qui faisait ressortir davantage l'éclat de ses dents et le feu de ses prunelles dilatées. C'était la pythonisse sur son trépied. » Après que son frère ait tué leurs ennemis, Colomba arrange son mariage avec une touriste anglaise en visite sur l'île, Miss Lydia et elle part avec eux en voyage de noces. A Pise où ils font escale, elle devise avec le beau-père de son frère sur sa future vie où elle prendra soin de son neveu. Elle rencontre au cours de leur promenade le vieux Barricini, son ennemi mortel devenu presque aveugle et infirme. Impitoyable elle l'achève d'un regard et d'une chanson de son cru, ce qui lui vaut d'être accusée du mauvais œil. Colomba est donc une jeune femme qui interprète la voix du destin au cours de veillées où elle est invitée par les familiers du défunt et pour elle la vendetta doit être accomplie coûte que coûte même si cela doit être au prix de son avenir. Regardons maintenant la quatrième et dernière héroïne Carmen.

Carmen est une bohémienne dont la beauté ravage le cœur des hommes. Elle est avant tout éprise de liberté, la sienne cela s'entend « Ce que je veux, c'est être libre et faire ce qui me plaît ». Pour elle, les hommes sont à prendre comme bon lui semble. Don José, un soldat de la garnison, s'éprend follement d'elle au point de la croire malgré lui « Elle mentait, monsieur, elle a toujours menti. Je ne sais pas si dans sa vie cette fille-là a jamais dit un mot de vérité ; mais, quand elle parlait, je la croyais c'était plus fort que moi. » Le caractère de Carmen ne lui a point échappé et il sait qu'elle prise la liberté avant toute chose : « Pour les gens de sa race, la liberté c'est tout, et ils mettraient le feu à une ville pour s'épargner un jour de prison ». Bien que d'une loyauté indéfectible envers son amant, la jalousie de José lui devient vite insupportable. Carmen, loin d'être effarouchée par ses menaces, continue sa vie de vol et de contrebande. Don José ne supporte pas de la savoir dans les bras d'autres hommes. Il lui propose de partir ensemble commencer une autre vie. Carmen refuse « Je te suis à la mort, oui, mais je ne vivrai plus avec toi ». Il la tue et confie au narrateur : « Elle ne voulait pas qu'on pût dire que je lui avais fait peur ». Somme toute, Carmen défie tous les tabous en choisissant la liberté et le moment où elle désire quitter son amant. Vaillante, courageuse et forte, elle préfère la mort à la honte de fuir ou de céder.

A la lecture de ces quatre nouvelles, nous sommes frappées par la virulence des passions qui animent ces quatre femmes. Colomba est habitée d'un désir de vengeance qui dicte tous ses actes, Carmen est éprise d'une telle liberté qu'elle ne peut abdiquer devant la mort, la Vénus d'Ille aime jusqu'à l'assassinat et la volonté de rédemption d'Arsène lui fait renier son amour pour Max. Mérimée confie dans l'une de ses lettres que lors de sa première publication dans *La Revue des deux Mondes* le 15 mars 1844, cette dernière nouvelle : a causé un grand scandale. On a trouvé qu'elle était impie et immorale. Trois ou quatre femmes, adultères émérites, ont poussé des cris de fureur que leurs anciens amants ont répétés en chœur. C'est à qui me jettera la pierre. Il y a trois jours, on parlait dans une maison devant un de mes amis d'une association découverte par la police la semaine passée. C'étaient quelques jeunes gens qui avaient une chambre dans un quartier éloigné où ils attiraient des jeunes filles dont ils faisaient mauvais usage. Une femme alors a demandé si l'on m'avait *pris*, car pour elle il était hors de doute que je fisse partie de l'association[1].

Ceci dit, nous pourrions dire que toutes ces femmes sont intéressées. Carmen vole, Arsène se prostitue, la Vénus s'approprie la bague destinée à la mariée et Colomba fait des projets de mariage pour son frère et la belle Anglaise, suppute la fortune du père et dispose déjà de la dot : « Si j'étais à votre place, Orso, je n'hésiterais pas, je demanderais Miss Nevil à son père… De sa dot j'achèterais les bois de la Falsetta et les vignes en bas de chez nous ; je bâtirais une belle maison en pierres de taille, et j'élèverais d'un étage la vieille tour… ».

Si nous nous référons à *La Venus d'Ille,* il semblerait également qu'au cours d'une nuit de noces, il peut se passer des choses sortant de l'ordinaire mais, qui en aucun cas ne justifient les histoires d'épouvante relatées par les jeunes mariées et qui souvent ressortissent à la pure folie selon l'entourage. Le mot d'ordre visiblement consiste à ne jamais ajouter foi à ce que raconte une jeune épousée quelque traumatisée qu'elle soit. Pour ce qui est de la prétendue folie des femmes, nous en découvrons quelques échantillons dans les autres nouvelles. Suivant l'opinion de son frère, Colomba aussi est presque folle : « Colomba ! s'écria Orso, la passion te fait déraisonner ».

D'autre part, nous voyons aussi que lorsque l'on parle de femme, le diable n'est pas loin chez Mérimée. « Cette grande et forte femme, fanatique de ses idées d'honneur barbare, l'orgueil sur le front, les lèvres courbées par un sourire sardonique » et, sous sa plume, Miss Lydia prétend être sorcière et lire les pensées des gens : « je suis un peu sorcière » confie-t-elle à Ors'Anton. Si nous nous penchons sur Carmen, nous voyons que son amant, Don José, la compare au diable : « Une seule qui valût cette diable de fille-là … S'il y a des sorcières, cette fille-là en était une ! ». « Une bohémienne, vraie servante de Satan » prononce sans rémission le narrateur à son sujet. Carmen ne les contredit pas loin s'en faut : « Tu as rencontré le diable, il n'est pas toujours noir, et il ne t'a pas tordu le cou ». Il en est de même des autres héroïnes : « Orso stupéfait, regardait sa sœur avec une admiration mêlée de crainte « Ma douce Colomba, dit-il en se levant de table, tu es je le crains, le diable en personne… » et tout comme Carmen, Arsène se qualifie de diable « Moi je fis le diable ».

A sa décharge, il faut ajouter que les femmes sont souvent très belles chez Mérimée bien que leur expression soit loin d'être douce. Les yeux de Colomba brillent « d'une joie maligne » lorsqu'elle voit Miss Lydia la regarder partir avec son frère. D'un autre côté, l'intrépide Colomba reste timide et respecte la place qui lui est donnée par la tradition, ce qui fait sourire son frère « en voyant Colomba hésiter à se mettre à table avec lui ».

Alors que Vénus est d'une beauté plus parfaite que nature puisque le narrateur s'extasie « Quoi qu'il en soit, il est impossible de voir quelque chose de plus parfait que le corps de cette Vénus ; rien de plus suave, de plus voluptueux que ses contours ; rien de plus élégant et de plus noble que sa draperie », son expression, en revanche, est malicieuse jusqu'à la méchanceté insensible :

> Tous les traits étaient contractés légèrement : les yeux un peu obliques, la bouche relevée des coins, les narines quelques peu gonflées. Dédain, ironie, cruauté, se lisaient sur ce visage d'une incroyable beauté cependant. En vérité, plus on regardait cette admirable statue, et plus on éprouvait le sentiment pénible

qu'une si merveilleuse beauté pût s'allier à l'absence de toute sensibilité.

Cela n'empêche nullement le narrateur de remarquer « c'est un admirable morceau », « avec un sourire diabolique » avec des « yeux de tigresse » une « expression de tigresse » et de se plaindre de ne pouvoir en faire le portrait : « impossible à dessiner … cette diabolique figure ». José définie les yeux de Carmen d'une manière très suggestive : « Elle me regarda fixement de son regard sauvage » Pour tout dire, le portrait des femmes est loin d'être innocent chez Mérimée. Elles sont sujettes à la folie, diaboliques, intéressées et passionnées au-delà de toute commune mesure ce qui concoure à leur perte.

Cette étude pourrait cependant paraître bien partiale si n'était envisagé un autre aspect important du problème. Nous voyons que toutes ces femmes ont aussi un côté charmant qui les rend irrésistibles. Carmen se conduit en enfant : « Quand elle eut mangé des bonbons comme un enfant de six ans », Colomba admire les fusils du colonel et souhaite que son frère en ait de semblables et elle ne peut cacher « l'expression de joie enfantine » qui inonde son visage après que le colonel les donne en cadeau ! Quelquefois aussi, ces femmes ont des accès de douceur et elles pleurent telle Arsène « Des sanglots étouffèrent sa voix » qui à l'encontre de Colomba, Carmen et Vénus, connaît ses moments de faiblesse « Quand on est malheureux, on n'a plus la tête à soi » En outre, il n'y a pas que les femmes qui sont belles et passionnées chez Mérimée. Par exemple, Alphonse l'est également, comme le note le narrateur « Alors je le trouvais vraiment beau. Il était passionné. » La passion embellirait-elle ?

Deux autres traits récurrents, généralement attribués au caractère féminin, qui émergent dans ces nouvelles, sont la soumission et la bonté. Avide d'apprendre, Colomba accepte les leçons promises par Ors'Anton. En cela, elle ne diffère pas d'Arsène qui, comme le lui dit Mme de Piennes, qui soit dit en passant représente la bonté personnifiée, « doit préférer l'amour divin à l'amour terrestre ». Dans le cas d'Arsène, toutefois, l'ambiguïté persiste. Est-elle le diable ou bien est-ce Madame de Piennes ? Mérimée laisse au lecteur le soin de décider et d'apprécier la critique sociale sous-jacente. Au pays, Colomba a la réputation d'être bonne, comme le confie Chilina a Orso « Mais c'est votre sœur surtout qui est bonne pour nous. » La sensibilité de Colomba se manifeste aussi lorsqu'elle subit les effets de sa haine pour les assassins de son père. Et puis, Colomba est tout de même effarouchée « lorsqu'elle se retrouve pour la première fois avec le colonel et sa fille » tout comme le fut Miss Lydia en entendant le matelot la comparer à une puce. Bien que les femmes soient comparées à des animaux, Carmen tout d'abord à un chat, ensuite à un mouton, les hommes le sont également : « Garcia était déjà ployé en deux comme un chat prêt à s'élancer contre une souris ». Don José blessé s'identifie à un lièvre : « Que j'allais crever dans les broussailles comme un lièvre qui a reçu du plomb » et les femmes se voient aussi réciproquement comme des animaux : l'Anglaise pense à l'effet que l'apparition de la Corse créerait dans les salons londoniens « Quel lion, Grand Dieu à montrer ! » quant à Carmen, elle veut bien être le diable, mais pas un mouton : « Je suis habillée de laine, mais je ne suis pas un mouton ». Malgré tout, les hommes apparaissent légèrement supérieurs et savent se contrôler « Si nous autres hommes nous n'avions pas quelquefois la ressource de détourner nos passions… ». Mais comme l'avoue Don José : « Une jolie fille vous fait perdre la tête, on se bat pour elle, un malheur arrive ».

Autant nous pouvons voir que dans le cas de Vénus, Arsène, Colomba et Carmen, l'auteur les décrit comme des créatures plus ou moins maléfiques, malignes, dévergondées, cruelle et animalesques, autant nous pouvons lire que ces héroïnes sont également jolies, irrésistibles et bonnes. En contrepartie, certaines d'entre elles, Madame de Piennes, Miss Nevill, la mariée et la mère du marié, répondent à l'image féminine attendue d'elles.

Mais l'opposition entre ces jugements n'est peut-être qu'apparente : en effet, avec *Colomba*, nous avons déjà avec le titre un paradoxe d'envergure puisque le nom de Colomba évoque une colombe, la douceur, la paix alors que l'héroïne assume les qualités contraires ; elle crie vengeance, se conduit en homme véritable à la grande surprise du préfet puisqu'il perçoit Colomba comme l'homme de la famille « Mademoiselle est le *tintinajo* de la famille ; à ce qu'il paraît ». Elle pousse son frère à la vendetta, n'hésite pas à lui tenir tête au sujet de la poudre qu'elle désire donner au bandit et comme un homme elle fond des balles. C'est une ballade chantée par un marin qui annonce Colomba au lecteur. Sa réputation la précède comme la Vénus d'Ille, annoncée par le tintement de la pioche contre le bronze.

Arsène attire l'attention sur elle par un suicide raté qui met le quartier en émoi. A ce propos, un détail mérite la peine d'être mentionné. Le docteur K. remarque après avoir été sur les lieux de l'accident : « Ces gens qui se tuent, dit-il, ils sont nés coiffés » or le nom de famille *Guillot* signifie *volonté-casque* venant de *Wil-helm*. Certainement un trait d'ironie de Mérimée puisque *être coiffé* signifie *avoir de la chance*. Quelle chance en effet de réchapper d'un suicide pour mourir poitrinaire !! Et le docteur d'ajouter « Ce qu'il y a de plus piquant pour elle, c'est que, si elle s'était tuée, elle y aurait gagné de ne pas mourir de la poitrine ».

En tant que prénom, Carmen apparaît pour

la première fois en France avec la nouvelle de Mérimée. Ce nom signifie en latin : *chant, vers, poésie* ou *composition poétique, prière, son, note,* mais encore *poème, satyre, poème lyrique* et il peut aussi être l'inscription au fronton d'un temple. Mais c'est aussi une prophétie, un oracle, un charme (dans le sens de formule magique). Beaucoup de choses pour une seule femme. Vu sous cet angle, les citations en début et en fin de nouvelle, respectivement : « Toute femme est du fiel. Elle a cependant deux bons moments : l'un au lit, l'autre au cimetière » et « En close bouche, n'entre point mouche. » sont assez significatives de la mentalité de Mérimée. Dans cette optique, la mort de Carmen se déroule inéluctable et avec elle, celle de toutes les femmes trop libres.

La Venus d'Ille est une trouvaille de Mérimée aussi attrayante que la Vénus de Milo, bien que purement fictive. Vénus évoque l'amour, la beauté, la perfection des statues grecques qui nous viennent en imagination. Pourtant, l'auteur, prévient rapidement le lecteur du pouvoir maléfique de l'idole à l'aide d'une inscription gravée dans le socle : « CAVE AMANTEM » que le narrateur traduit par « Prends garde à toi si elle t'aime » ce qui nous donne pour ainsi dire une des clés du drame final. A cela, il convient d'ajouter que la devise de Mérimée « Souviens-toi de te méfier » a pu jouer un rôle dans le déroulement des nouvelles.

Un autre point qui rapproche ces récits est

l'exotisme et la couleur locale dont elles sont empreintes. La Corse pour Colomba, l'Espagne pour Carmen, l'Antiquité pour la Vénus d'Ille et la misère pour Arsène Guillot, car ne l'oublions pas la misère faisait figure d'exotisme pour le public auquel les nouvelles étaient destinées. Un exotisme qui n'est pas sans rappeler celui qui, dans la littérature contemporaine, réside dans les banlieues sensibles. Cette couleur locale, chez Mérimée, détermine – partiellement – le caractère des héroïnes. Mérimée aurait-il recherché un effet dramatique par l'opposition violente des couleurs comme le suggère Pierre Tahard ? Nous pensons que si cela est, la fonction du contraste est de démontré le sort réservé aux différentes sortes de femmes. Douces, soumises et tendres, elles sont socialement acceptées ; libres, indépendantes, hautaines et dominantes, elles sont refoulées du cadre de la société, si nécessaire par la mise en scène de leur mort.

Les deux jugements ne sont pas nécessairement contradictoires puisque la limite tragique de Mérimée consiste en ce qu'il reste un auteur de son époque. En effet, il ne peut octroyer aux femmes la liberté que d'un autre côté il leur confère. Elles se doivent de rester asservies (Colomba) ou de mourir (Carmen, Arsène). Même la Venus n'échappe pas à cette règle immuable. En tant que symbole de notre culture toute puissante qui ne saurait périr, elle est refondue, transformée, pour ainsi dire purifiée, par le feu.

Comme nous avons pu le constater, le sort

de ces quatre femmes subit la loi d'un destin implacable qui les amène toutes à une mort tragique. Pour toutes les quatre, cette mort se pare d'un élément dramatique accentué. Toutefois, nous pouvons parler d'une mort expiatrice. En effet, Arsène est punie de la vie de prostituée qu'elle a menée encore plus que d'avoir attenté à ses jours. Pas une seule fois Madame de Piennes lui reproche vraiment son geste inconsidéré. Arsène meurt après un triple martyr : la souffrance des contusions occasionnées par sa chute, le mal de poitrine qui la ronge et le regret de ne pouvoir croire à l'amour du beau Max. Ce dernier est destiné à Madame de Piennes, qui en récompense de la vie pieuse et charitable qui est la sienne, se voit octroyer la possibilité de se permettre une petite affaire. Dérogation autorisée et bénie par la morale bourgeoise, cette même morale au nom de laquelle Arsène doit périr. Apparemment, la bourgeoisie préférait fermer les yeux sur certains aspects de la morale.

Carmen meurt assassinée par les mains de son amant. Bien que de toute évidence, la vie de Carmen soit loin d'être exemplaire, elle doit expier pour son désir de liberté plus que pour les infractions commises au code de bonne tenue et, principalement pour vouloir choisir le moment où elle quitte son amant au lieu d'attendre tranquillement qu'il se lasse d'elle. La morale de l'histoire est toute simple : Une femme ne peut être libre ou elle s'expose à la mort.

La Vénus d'Ille, symbole de culture,

n'échappe pas à cette règle. Après avoir, pour le moins, dérangé la vie paisible du village et avoir fait fondre le malheur sur la famille Peyrehorade, elle est refondue. Destin annoncé dès le moment de sa première apparition lorsque la pelle la frappe et produit le tintement d'une cloche. Mérimée ne précise pas de quel genre de cloche il s'agit. Un tocsin ?

En ce qui concerne Colomba, peut-être ne meurt-elle pas physiquement, mais l'auteur envisage pour elle une seule position sociale possible : devenir la marraine de son futur neveu. Pour les jeunes filles de son époque, le mariage hors de portée équivaut à une mort sociale. Colomba est condamnée pour son indépendance, sa conduite masculine, peut-être aussi pour ses intrigues et sa cruauté. Alors que Miss Neville, restée très féminine d'un bout à l'autre de la nouvelle, se voit consacrée en temps que femme puisqu'elle aura accès au lot suprême, le mariage. La jeune fille distinguée, très comme il faut se voit récompensée ; la jeune fille hommasse n'a plus qu'à rester vieille fille. Les joies du mariage lui sont refusées ; la place de gouvernante reste la seule voie offerte à cette virago qui avait osé se conduire en homme, penser à l'honneur de la famille, à la revanche, à la vendetta, domaines exclusivement réservés aux mâles. Qu'elles soient belles et coquettes, froides comme le marbre des statues ou brûlantes comme les tisons du diable, il y a des domaines où les femmes ne sauraient s'aventurer sans encourir les affres de la mort méritée. Au contraire, restent-elles dans ce sentier tracé tout droit pour elles, le succès leur est grandement assuré par l'homme qui les aura élues à ses côtés.

De cela, il serait aisé de conclure que la fonction dramaturgique des caractérisations des personnages féminins dans la nouvelle de Mérimée, recèle une leçon de morale tacite qui sans être explicite reste du moins implicite et peut être appréhendée comme telle par le lecteur sensible aux mécanismes latents qui courent en trame de fond dans les nerfs de l'intrigue.

Note :

[1] Prosper Mérimée, *Lettres à Madame de Montijo I,* Paris, Mercure de France, 1957, p. 147

Remerciements

Je voudrais vous remercier d'avoir acheté et lu « Cours de chant ». J'espère que vous avez trouvé du plaisir à cette version light de « Crime à l'université » (dont vous pouvez trouver à version intégrale sur Amazon).

Je vous serais extrêmement reconnaissante si vous pouviez mettre un commentaire sur la plateforme où vous l'avez téléchargé, cela m'aiderait beaucoup pour savoir comment améliorer mes écrits dans le futur.

Par ailleurs, si vous désirez être tenu au courant de mes prochaines publications, et la date de parution de mon prochain livre, veuillez m'envoyer un mail en mentionnant dans l'objet « parutions livres » mail à cette adresse:

Clementml@me.com

N'ayez crainte, je suis très respectueuse de

la vie privée de chacun et votre adresse mail sera en sécurité. Il va sans dire que je ne la transmettrai à personne. N'ayez non plus pas peur d'être inondée de mails de ma part, je ne sors pas un livre toutes les semaines!

D'autre part, si vous êtes intéressée à connaître mes autres sujets de prédilection, vous pouvez vous rendre sur ma page auteur Amazon: http://amzn.to/1p1wpqO

Vous pouvez aussi me suivre sur

mon blog: www.aventurelitteraire.com

ma page FaceBook:

https://www.facebook.com/muriellelucie-clementpage/

mon site perso:
www.murielleluciecIement.com

BONUS

Plusieurs extraits de :

Crime à Paris
Lettres de Sibérie
La Clarté des ténèbres

Extraits de

Crime à Paris

9. Pascal dans le métro

Pascal descendit en chantonnant les escaliers du métro, avec son sac sur l'épaule. D'avoir entendu toutes ces personnes parler de pays étrangers et de voyages à la fête, lui avait donné l'idée. Il s'était décidé pour un week-end de vagabondage. L'envie de faire quelque chose sortant de l'ordinaire l'avait pris tout à coup. Il partait trois jours à Amsterdam, sans autre raison que son plaisir personnel. Il se sentait en pleine forme, il était à l'heure. Sûr qu'il allait réussir à bien se défouler. La préposée aux billets lui avait assuré ce matin qu'il n'y aurait aucun problème. Comme les horaires des trains étaient plutôt incertains en raison des grèves de ces derniers temps, Pascal avait opté pour le bus. Être chez lui à s'ennuyer ou là, mieux valait ce trajet un peu plus long. De cette manière, il arriverait au moins quelque part.

Les couloirs étaient pratiquement déserts. Pascal aimait à se voir dans le ventre de la capitale, petite boulette de chair dans les boyaux de Paris. L'asphalte noir des tunnels reluisait. Il s'interrogeait, se demandant s'il s'agissait de la couleur initiale, ou bien de la crasse accumulée pendant plusieurs décennies de semelles battant et frottant le bitume souterrain.

Aujourd'hui, personne ne savait qu'il prenait un bus pour la métropole des tulipes. Cela l'enchantait, donnait du mystérieux à sa vie. À la boîte, ils allaient tous à la campagne, en famille, dans leur pavillon, ou bien dans leur troisième deuxième résidence. Lui aussi aurait pu rejoindre ses parents à Antibes, mais il avait prétexté un travail urgent à terminer.

_ Je ne peux pas quitter Paris, Maman. J'ai une proposition à remettre mardi.

_ Mais enfin Pascal ! C'est la Pentecôte.

_ Eh oui. Je sais, je sais petite Maman chérie.

_ Tu as mangé au moins ?

_ Mais oui, Maman. Ne t'inquiète surtout pas. Je vais très bien.

_ Je te téléphonerai demain.

_ Surtout pas. Je branche le répondeur pour ne pas être dérangé. C'est moi qui t'appellerai.

_ Alors, je te laisse.

_ Oui, c'est ça.

_ Au revoir.

_ Au revoir Maman. Embrasse Papa pour moi.

_ Je n'y manquerai pas. »

Il avait raccroché soulagé, libéré, trépidant de joie à l'idée d'avoir doublé sa mère. Pour fêter l'événement, il était descendu au bistrot du coin boire un diabolo menthe. Une folie qu'il se payait chaque fois qu'il réussissait à la mettre dans sa poche. Pourquoi cette boisson ? Nul n'aurait pu le dire, mais les bulles et la fraîcheur le remplissaient d'une joie sereine qu'aucun alcool n'aurait été à même de lui procurer. Pascal, dans le fond, était plutôt un fils attentif, mais quelquefois il se devait de s'évader. Il avait bien essayé d'expliquer cela à ses parents, mais sa mère refusait absolument de comprendre que, de temps en temps, il éprouvait ce besoin impératif d'être autre part qu'avec elle pour ses congés. Il voulait une vie à lui, avec des secrets, des anecdotes, des histoires qui ne soient qu'à lui. Il ne buvait que rarement à outrance et il ne fumait jamais de tabac. Il trouvait ses plaisirs sexuels, seul en face d'un magazine de lingerie féminine lorsqu'il n'avait pas de petite amie. Pour le moment, il était dans l'une de ces périodes où il pouvait tout se permettre. Il était en plein célibat. En fait, la raison majeure pour laquelle il avait voulu éviter Antibes était que sa mère se plaindrait encore qu'il ne lui amenât pas de bru en instance. Pas de sa faute si avec les filles cela ne marchait pas bien. Il avait été trop cajolé, il attendait de ses compagnes plus que celles-ci ne pouvaient lui offrir. Il avait le temps. Il verrait bien venir.

11. Guillaume parle aux policiers

Le policier revenait vers lui et Guillaume le regarda avec intérêt. L'homme était grand, au moins un mètre quatre-vingt, avec des cheveux ambrés, coupés courts.

– Bonjour. Nous allons peut-être vous demander de venir avec nous au bureau. » Guillaume acquiesça. Il pouvait difficilement refuser.

– Je suis l'inspecteur Lemoine. Mathieu Lemoine et voici mon collègue, l'inspecteur Chaboisseau. Alain Chaboisseau.

– Enchanté, marmonna machinalement Guillaume.

– Veuillez accepter nos excuses de vous avoir fait attendre. Pouvez-vous nous dire exactement comment vous avez découvert le corps. » Guillaume répéta comment il avait emprunté la rue et contourné la petite place et comment au moment de bifurquer dans la rue de Furstenberg, il avait vu une femme allongée par terre devant chez Osborne et Little. Près d'elle, il s'était penché et avait aperçu ce qu'il pensait être l'impact d'une balle. Il avait alors appelé les secours.

– Et d'où veniez-vous à cette heure ?

– Du métro Saint-Germain-des-Prés, descendu de la première rame. Je revenais de chez ma copine.

– Vous avez passé la nuit là-bas ?

– Oui.

– Vous avez son adresse s'il vous plaît ?

– Place Denfert-Rochereau, n° 146.

– Parfait. Attendez une petite minute. » Les inspecteurs Lemoine et Chaboisseau s'éloignèrent de la voiture.

– Je crois qu'il est OK.

– Oui, répondit Chaboisseau, on peut le libérer. Je le vois mal avec un révolver. En outre, la victime a été tuée autre part selon les premières constatations du légiste.

– On enverra Ghislaine et Manuel chez la petite copine pour vérifier. On le relâche après ou tout de suite ?

– Oh, laissons-le partir. On a son adresse et on lui demande de venir pour sa déclaration.

– Bon d'accord. » Ils se tournèrent à nouveau à Guillaume.

– Monsieur, vous pouvez y aller. Excusez-nous pour le désagrément. Voici ma carte. Si vous voulez bien passer au bureau pour votre déposition. » Guillaume prit le bristol que lui tendait Mathieu Lemoine.

– Merci. Je pourrais le faire cet après-midi, si cela ne vous dérange pas. Je n'ai pas de plan. Mais, demain, j'ai des trucs à faire.

– Pas de souci. Aujourd'hui, c'est d'accord. »

Extrait

de

Lettres de Sibérie

10 Juin Novokouznetsk

Après un voyage de trois jours, j'arrive à la gare de Novokouznetsk, en plein cœur de la Sibérie russe. Trois nuits à dormir sur la banquette supérieure du compartiment numéro huit dans la voiture numéro sept de l'express de Moscou. J'ai également effectué le trajet Amsterdam-Moscou en train avec deux femmes russes pour compagnes. Une jeune fille, qui revenait de terminer son année scolaire en Allemagne, et une septuagénaire qui avait gardé un traumatisme sérieux de son séjour dans les camps de la mort, lequel l'obligeait à déménager un nombre incalculable de valises, de paquets, de cartons, encombrant notre espace du plancher au plafond, la laissait pantelante sur sa couche. Elle m'expliquait qu'elle ne pouvait se désaltérer ni se nourrir tant ses souvenirs l'assaillaient à chaque voyage. Elle s'adoucissait et s'étiolait au fur et à mesure que se déroulaient les kilomètres. Elle revivait intérieurement son supplice, une épopée mortelle dont seule une force mentale supérieure lui avait permis de sortir et, s'accrochait pour survivre, incapable de se transporter dans le temps présent.

À la gare de Bélorussie, Sergey et Elena m'attendent, me cajolent et me protègent. Après trois jours de cavalcades dans la capitale russe, je suis pourvue de la force nécessaire, des papiers indispensables et je peux m'évanouir en Sibérie, réalisant un rêve chéri.

Je décide de prendre un itinéraire personnel, m'éloignant des sentiers battus s'il en fut ! Un omnibus m'emmène jusqu'à Petovsky, de là je saute dans un taxi à quatre jusqu'à Vladimir où après trois quarts d'heure d'attente je prends un car pour Mourom. Ce nom de ville me tente par son analogie avec mon prénom. Bien m'en fut puisque la chance me sourit toujours. Il y a un express pour Novokouznetsk dans dix minutes ! À peine le temps de consulter ma carte et de m'assurer que cette ville est bien dans la direction souhaitée, et je m'embarque dans le compartiment assigné.

Liouba et son fils reviennent de leur séjour annuel sur les bords de la mer noire, le site estival favori des russes. Il a sept ans, elle est officier de police et décide sur-le-champ de m'adopter. Nous faisons bon ménage, discutant à bâtons rompus, partageant nos repas copieusement arrosés de thé noir. Heureusement, nous avons un rythme biologique similaire ce qui nous accorde les mêmes heures de repos.

Liouba s'avère une aide inestimable. À l'arrivée, elle m'introduit près de son amie chef de gare qui m'offre l'hospitalité dans son hôtel pour les cheminots. Une chambre et une douche m'accueillent aimablement. La directrice téléphone à la mairie pour informer le maire et son service culturel qu'une chanteuse étrangère visite leur ville. À partir de ce moment, je suis prise en charge par Irina qui m'est assignée d'office comme guide par le service culturel de la mairie.

La visite de la ville s'impose en passant par la galerie d'art où des peintures dignes des musées internationaux sont exposées librement. Les genres et les styles couvrent les murs pêle-mêle, éclatant de couleurs discrètes et brutales, au gré de la fantaisie de leurs auteurs. Reposant et enrichissant tout à la fois. La conversation autour du samovar nous permet de faire plus ample connaissance. Nous décidons d'aller en excursion dans la taïga à mon retour d'Oulan-Bator. Pendant le déjeuner, Irina me confie son désir d'aller en France et me fait part de l'invitation de Galina. Nous partons pour la datcha de cette dernière, profiter de son sauna installé dans le jardin avant la construction du corps résidentiel. C'est à une vingtaine de minutes en voiture du centre ville.

À Sasnofka, où nous arrivons après que Galina nous a récupérées en pleine rue, nous commençons par installer les bouteilles cueillies en cours de route, sans lesquelles aucune réunion n'est possible en Russie. Lorsque je réponds à Sacha que je ne bois que de l'eau minérale, sa traduction est simultanée et évidente.

- Ah, tu ne bois que de la vodka !"

La datcha de Galina est une superbe villa de deux étages en brique rouge, comprenant un patio et une véranda qui longent les façades sud et ouest. La construction est très avancée et le travail extérieur terminé. La bâtisse surplombe la région. Dans le jardin, les pommes de terre en fleurs et les soleils en boutons, donnent à la scène un reflet bucolique. La hutte du sauna fume de toutes ses ouvertures. Le mari de Galina, avocat et juge principal du canton, sort en s'ébrouant, hilare d'avoir cuit à cent degrés celsius. Ici le sauna, bania en russe, est une chose sérieuse.

Je suis invitée à pénétrer dans la cabane, à me déshabiller en chœur et sans gêne avec les femmes. Quel délice de se libérer de tous les tracas dans l'air sentant la forêt. L'eau jetée sur le poêle a servi à la macération de feuilles de jeunes bouleaux. La sueur ruisselle sur nos peaux luisantes. Il faut sortir et se reposer un moment pour retourner un peu plus tard dans l'atmosphère étouffante. L'intérieur est beaucoup plus spacieux que ne le prédisait l'aspect extérieur. Composé de trois pièces, l'agencement convie à tout un cérémoniel indispensable au succès bienfaisant du séjour à la bania.

Le bois suinte la chaleur, dégage des senteurs sauvages engageantes, incitant aux vagabondages de l'esprit. Galina s'arme de branches de bouleaux, me fouette le dos, les jambes, le torse et m'arrose avec de l'eau de pluie spécialement récoltée à cet effet. Je sens la fatigue du voyage s'envoler comme par enchantement de mes pores dilatés. Elle m'asperge copieusement des pieds à la tête avec une tisane des steppes. Au moment où je pense m'évanouir, je suis envahie d'une force nouvelle. J'ai l'impression d'avoir passé un test très important. Nous nous enveloppons dans des draps de lit. Telles des druidesses célébrant une messe inconnue de nos jours, nous goûtons l'eau minérale dans des verres à liqueur. Un bien-être incomparable s'empare de ma personne ; je le vois partagé par mes compagnes.

Nous sortons dans le jardin pour permettre à Sacha de se plonger dans l'étuve à son tour. La pluie commence à tomber, saluée comme une amie bienvenue. Les petits gâteaux se détrempent. Tout le monde est ravi sous les gouttes d'eau qui se mêlent au champagne, blanchissent le chocolat.

Rafraîchies nous allons une dernière fois dans la chaleur torride. Irina me bassine les cheveux, Galina se fustige aux orties pour s'assurer une circulation sanguine maximum.

Telle est ma visite à la bania de Galina à qui je remets en cadeau quelques sachets de graines de fleurs apportées dans mes bagages.

Extrait

de

La Clarté des ténèbres

Le déjeuner

Maguy et Magalie descendaient l'avenue de l'Opéra. Elles avaient pris le 81 et, de leur banquette verte, elles regardaient, bien calées sur les sièges durs recouverts d'un tissu choisi pour faire gai, les immeubles cossus défiler derrière la vitre.

– Tiens ! C'est là que j'ai travaillé, » déclara Maguy alors que le véhicule passait devant une façade ressemblant énormément aux autres, mais pour elle, meublée de souvenirs lointains. Il y avait belle lurette qu'elle avait atteint l'âge de la retraite. Elle restait vive et trépidait d'une énergie vibrante tempérée par un caractère d'une douceur extrême.

Magalie essaya de repérer le bâtiment en question et acquiesça, légèrement incertaine tout de même. Avait-elle regardé à temps par la fenêtre ? Elle était en train de réfléchir à une question qui avait surgit dans son esprit : qui décidait la couleur des tissus recouvrant les baquettes d'autobus ? Et, y avait-il le choix ou bien était-ce au départ un motif unique, inventé de pair avec le modèle du bus ? De toute évidence, ce tissu était résistant et spécialement conçu à cet effet. Maguy continuait sa narration, l'empêchant de cogiter plus avant sur le sujet.

– Et puis, quelquefois, le midi, je venais sur ce banc manger un croissant. J'avais un ami qui travaillait là. » Elle désignait un autre endroit qu'elles dépassaient rapidement.

Encore quelques tournants, un parcours en bord de Seine sur le quai de la Messagerie. Ce fut l'arrêt final, le terminus au Châtelet. Elles étaient parvenues à leur destination. Aujourd'hui samedi, leur but était le cinquième étage du Bazar de l'Hôtel de ville. Elles s'offraient un déjeuner à la cafeteria avec vue sur les toits de Paris.

La place de l'Hôtel de ville était transformée en aire de repos avec un écran géant de télévision, déversant sur les badauds, qui en avaient vu d'autres, une musique lancinante, accompagnant les flots de paroles lascives sortant d'un gouffre noir bordé de rouge : la bouche d'une chanteuse à la mode selon toute probabilité, ayant la taille d'une cathédrale. Quant à la porte de l'Hôtel de ville, elle croulait sous un amas informe de couleurs bigarrées, accrochées çà et là, tel des résidus de peintures sur une palette d'artiste s'entremêlant et se fondant les unes dans les autres.

En regardant de plus près, on apercevait, émergeant de la masse de coloris, des fleurs. Il s'agissait d'une sculpture florale offerte par l'école des fleuristes. Pourquoi ne s'étaient-ils pas contentés de faire un bouquet décent, là était le mystère. Pour être franc, ce fatras amassé autour de la porte avait quelque chose d'obscène, un peu comme des vomissures attardées aux commissures d'un ivrogne. Trop de couleurs, pas assez de nuances.

Le trottoir de la rue de Rivoli regorgeait de camelots et d'étals surchargés d'articles vantant la coupe du monde. Le Mondial comme tout le monde disait. Les fétichistes du ballon avaient de quoi se réjouir. Les maillots, les porte-clés, les slips, les lunettes, tout était décoré de leur joujou favori.

En passant les portes du grand magasin, Maguy et Magalie laissèrent derrière elles la chaleur, les cris, les teintes violentes et pénétrèrent dans l'antre feutrée de luxe du rayon parfumerie. Elles se dirigèrent vers l'ascenseur au fond du rez-de-chaussée, pas tant pour éviter les escaliers roulants, mais tout simplement parce que Maguy devait téléphoner et que l'appareil se trouvait là.

Une femme énorme, appuyée sur une canne, leur barrait le chemin, dégageant les effluves nauséeux des êtres ayant la phobie du savon. L'espace restreint de l'ascenseur valorisait les préférences du mastodonte qui, de toute évidence, abhorrait de même le dentifrice, ce que révélait la conversation qu'elle menait ardemment avec un comparse méticuleux jusqu'aux pellicules généreusement parsemées sur son crâne dégarni.

Maguy et Magalie arrivèrent à l'entrée de la cafeteria après avoir traversé le rayon des cadres et tableaux. Comme à chaque fois, Magalie était satisfaite de voir l'échafaudage appétissant de nourriture.

– Regarde ! Ici ce sont les ingrédients pour te confectionner une salade de fruits. Des fraises, de la crème fraiche, du coulis de framboises, des pommes, des poires, des kiwis, du fromage blanc. Tu peux te servir une belle coupe à ton goût. Et, là, ce sont les pâtisseries. Elles sont toujours délicieuses. Des tartes dorées aux fruits, des clafoutis, des crèmes au caramel, des îles flottantes troublaient les sens et, plus loin, les crudités coupées fin pour la salade entremêlaient leurs couleurs dans des compotiers posés sur de la glace.

– Si tu désires un plat chaud, c'est là.

– Non, je vais me faire une salade.

– Comme tu veux. Ici, on choisit son repas ».

Elles allèrent chacune de leur côté se composer le plateau désiré et se retrouvèrent à la caisse. Maguy avait plusieurs salades empilées savamment sur son assiette et Magalie avait opté pour un steak et des frites accompagnés d'une tartelette. Une bouteille d'eau minérale complétait leur repas.

– Allons chercher une place près de la fenêtre.

Tu vois Paris, c'est joli.

– Oui, là, il y a un seul monsieur.

– Bonjour, ces places sont-elles libres ?

– Euh… il y a un homme parti chercher son café.

– Mais, ces deux autres places, sont-elles libres ?

– Oui.

– Alors, nous nous asseyons ».

L'homme retira son sac et, Magalie s'installa sur la chaise devenue vacante. Quant à Maguy, elle hésitait entre pousser le plateau sur le côté ou bien déplacer un sac en plastique et le changer de siège. Elle adopta la première solution et fit légèrement glisser le plateau.

Elles commençaient à peine leur repas qu'un énergumène moustachu surgissait devant elles et les apostrophait d'une manière brutale et s'adressant à Maguy :

– Vous êtes assise à ma place.

– Excusez-moi, monsieur, j'ai déplacé votre plateau, mais je vous en prie, vous pouvez vous asseoir. Je change de place.

– Non, restez assise, c'est inutile.

– Bon, merci. » Mais, le moustachu continuait à bougonner de plus en plus fort.

– C'est impensable ! Le culot qu'elles ont ! Venir se mettre à ma place. Le monsieur vous a bien dit que j'étais parti chercher mon café, je vous ai vu de loin bavarder avec lui et vous vous êtes assises.

– Mais, monsieur, je viens de vous offrir de changer de place, alors pourquoi continuez-vous sur ce ton ?

– Alors, changeons de place. Il n'y a aucune raison pour que je perde ma place alors que l'on vous a dit que je revenais.

Maguy se lève et change de place avec l'affreux qui enchaîne :

– Il faut vraiment un sacré culot pour venir s'asseoir ici, alors qu'il y a des places libres à côté. » Magalie ne peut plus se contenir.

– Monsieur, vous êtes grossier et un mufle. Premièrement, vous prenez deux sièges pour vos aises, ce qui est accordé lorsqu'il y a peu de monde, mais nous voulons aussi prendre notre repas assises. Deuxièmement, il était difficile de savoir laquelle des deux chaises avait votre préférence, mais puisque Madame s'est levée malgré son âge pour vous donner satisfaction, je vous prierai de bien vouloir vous taire et nous laisser consommer tranquillement.

– Mais, c'est incroyable ! Il y avait quatre sièges libres à côté !

– Monsieur, nous avons la liberté de nous asseoir où bon nous semble, chaque consommateur ayant droit à un siège. S'il vous est désagréable à ce point de vous trouver en face de moi, vous déménagez, car je vous assure que j'y suis, j'y reste ! »

Après quelques ronchonnements plus ou moins audibles, de la même veine, le monsieur déplia démonstrativement son journal, but son café en deux minutes et force lui fut de s'éclipser car leur voisin de table les avait quittés sur un salut des plus correct.

– Il est malpoli de lire à table » déclara Maguy de sa voix posée et douce. « On ne déplie pas son journal en présence de dames. »

Table des matières

Remerciements

Je voudrais vous remercier d'avoir acheté et lu « Cours de chant ». J'espère que vous avez trouvé du plaisir à cette version light de « Crime à l'université » (dont vous pouvez trouver à version intégrale sur Amazon).

Je vous serais extrêmement reconnaissante si vous pouviez mettre un commentaire sur la plateforme où vous l'avez téléchargé, cela m'aiderait beaucoup pour savoir comment améliorer mes écrits dans le futur.

Par ailleurs, si vous désirez être tenu au courant de mes prochaines publications, et la date de parution de mon prochain livre, veuillez m'envoyer un mail en mentionnant dans l'objet « parutions livres » mail à cette adresse:

Clementml@me.com

N'ayez crainte, je suis très respectueuse de la vie privée de chacun et votre adresse mail sera en sécurité. Il va sans dire que je ne la transmettrai à personne. N'ayez non plus pas peur d'être inondée de mails de ma part, je ne sors pas un livre toutes les semaines!

D'autre part, si vous êtes intéressée à connaître mes autres sujets de prédilection, vous pouvez vous rendre sur ma page auteur Amazon: http://amzn.to/1p1wpqO

Vous pouvez aussi me suivre sur

mon blog: www.aventurelitteraire.com

ma page FaceBook:

https://www.facebook.com/murielleluicie-clementpage/

mon site perso:

www.murielleluicieclement.com

Imprimé par CreateSpace Amazon

novembre 2016

www.ingramcontent.com/pod-product-compliance
Lightning Source LLC
Chambersburg PA
CBHW071349170626
46811CB00003B/1045

* 9 7 8 2 3 7 4 3 2 0 3 8 0 *